U0053144

自然英語會話

大西泰斗 Paul C. McVay 著
張慧敏 譯

三民書局

國家圖書館出版品預行編目資料

自然英語會話／大西泰斗 Paul C. McVay 著，張慧敏譯.--初版.--臺北市：三民，民87

面； 公分

含索引

ISBN 957-14-2728-4 (平裝)

1.英國語-言會話

805.188 86014690

網際網路位址 http://www.sanmin.com.tw

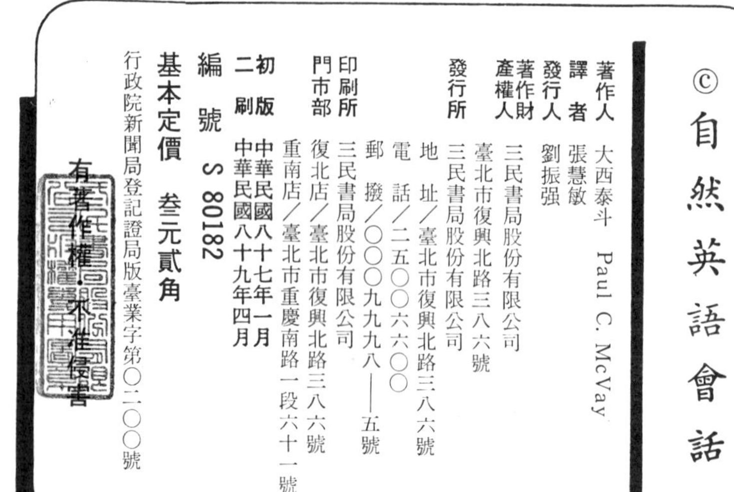
© 自然英語會話

著作人 大西泰斗 Paul C. McVay
譯者 張慧敏
發行人 劉振强
著作財產權人 三民書局股份有限公司
臺北市復興北路三八六號
發行所 三民書局股份有限公司
地址／臺北市復興北路三八六號
電話／二五〇〇六六〇〇
郵撥／〇〇〇九九九八——五號
印刷所 三民書局股份有限公司
門市部 復北店／臺北市復興北路三八六號
重南店／臺北市重慶南路一段六十一號
初版 中華民國八十七年一月
二刷 中華民國八十九年四月
編號 S 80182
基本定價 叁元貳角
行政院新聞局登記證局版臺業字第〇二〇〇號

ISBN 957-14-2728-4 (平裝)

序

為什麼不會說英語呢?
你是不是抓不到訣竅，只知一味地死背呢?
背完了一冊又一冊嗎?
背完了英語就變好了嗎?

現今市面上到處充斥著類似《英語一生背誦法》、《10000句英語背誦句》等英語書籍，可惜的是，到目前為止，我還沒有認識任何一位看了那些書就會講英語的人。真的，連一個都找不到!

現在，就請你放一百二十個心吧! 本書編寫的方式和以往的全然不同，只要你讀了本書，不僅可以說一口流利的英語，而且還能領悟出以前英語老是說不好的原因。本書的重點在:

- **美國人的發音原則**
- **口語的特殊動詞表現**
- **日常生活的口頭禪**
- **耳熟能詳的粗俗字句**
- **開口講話時的心理準備**

所有大家所欠缺的觀念全都網羅在本書中，相信必定會讓大家有耳目一新的感覺。儘管以往你看得懂中、高難度的英文，背了不少的單字，但怎麼就是說不出口。現在，只要你融會貫通本書，就會了解到以前的觀念:「寫與說其實是完全不同的兩回事」，事實上正是阻礙你學好英語的絆腳石。好了! 現在就讓我們正式開始吧! 我想，閱讀速度快的人，可能只需幾個小時（或幾天）就可以讀完本書，但在這幾小時或幾天當中，只要大家聽到電影或電視上有人講道地又流利的英語時，必定會感覺比以前聽起來更順耳。

如果透過本書，可以讓大家的英語說得更為道地、流利，那便是作者最大的欣慰了。

也許你覺得我有點囉唆，但我仍想再次強調，本書真的一點也不難。相信讀過《英文自然學習法》的人一定能夠瞭解我所說的。

大西泰斗
Paul C. McVay

自然英語會話

目　次

序

第 I 章　向英語邁進

§1　從「校園英語」到「道地英語」…… 2
§2　母語為英語者的發音原則 …… 2
§3　發音 ＋ ? ＝ 會話 …… 4

第 II 章　流利、快速地說英語

§0　閱讀前須知 …… 8
§1　連音方法 …… 16
§2　同音、近似音 …… 22
§3　近朱者赤、近墨者黑 …… 27

第 III 章　該弱則弱

§1　單字的強弱唸法 …… 38
§2　弱者恆弱 …… 44
§3　輕輕鬆鬆地唸 “ə” …… 50

第 IV 章　其他種種

§1　繃緊發聲 …… 60
§2　字尾輕唸的子音 …… 66
§3　捨棄多餘的音 …… 72

§4 弱音 + 連音……77

第V章 音調的抑揚頓挫

§1 音調的高低起伏……88
§2 段落的停頓……94

第VI章 節奏

§1 強弱分明……104
§2 重要單字的強調用法……110

第VII章 不學就不會

§1 學到了就是你的……120

後 記

參考文獻

索 引

§ Phrasal Verbs（動詞片語）……134
§ Everyday Expressions（日常慣用語）……136
§ 4-Letter Words（四字經）……138

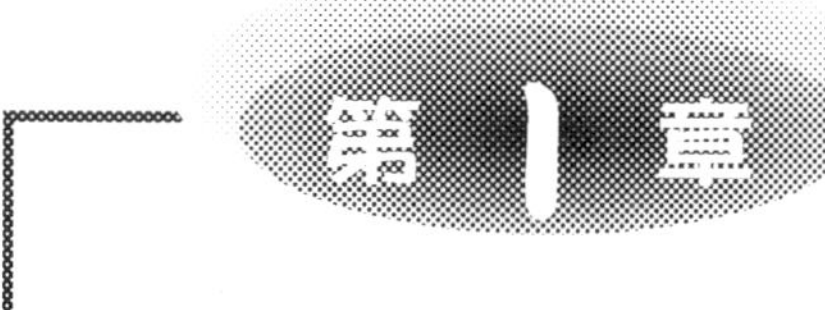

向英語邁進

§1 從「校園英語」到「道地英語」

最近常有機會在電視、電影或錄影帶的英語節目中聽到道地的英語，不知道你是否有下列各種疑問:「為什麼一個一個的音都發得出來，但一整句話就是沒法像美國人發的音那麼漂亮」，「本國人講的英語都聽得懂，但外國人講的就沒辦法」，「國中、高中唸了一堆的單字，但就是無法和人家對話」。別擔心，本書就是專門針對有這些困擾的人所編寫的。

如果你擔心以前在學校所學的英文都沒用，全部都得從頭來過，那麼我可以老實地告訴你，沒有那麼嚴重。訝異嗎？別懷疑！只要你能抓住學英語的一些訣竅，從「校園英語」要進步成「道地英語」可是一點也不困難的哦！

在開始閱讀本書前，讓我們先透過本章節來概略地瞭解本書的全貌。

§2 母語為英語者的發音原則

想讓自己的英語聽起來和外國人的英語發音一樣是有訣竅的。可能有人會懷疑「真的可以說得和他們一樣好嗎？」如果你也這樣想，那麼請先回想在《英文自然學習法》中所教的一些簡單原則就可明白。事實上，我們在國中、高中努力學的項目，對外國人來說，都是很自然、無需思考便能從腦袋裡蹦出來、最簡單不過的學問了。所以只要我們習慣了他們的用法，自然也就可以說一口流利又道地的英語了。

現在我們就來試試下面的發音練習。

Think about it.

你能唸得像外國人一樣嗎？沒錯，我的意思就是像你在電視上或收音機裡聽到的一樣。如果不行，請再仔細看看下面的說明。

❶ 如下圖，試著把 about 的 a 和前面的 k 連在一起、 it 的 i 和前面的 t 連在一起唸，結果應該像 “ka” 和 “ti”一樣。

Think-a bout-i t.

❷ 接著，如下所示，試著輕輕地發出 t 的氣聲，似有若無般的輕。

Think-a bout-i t.

❸ 再來，我們矯正一下 a 的發音。自然地張開嘴巴，不要用力（比我們的「啊」嘴型小一些），舌頭也放輕鬆，不要用力。好了，試著發出點聲音，讓聲音被包在嘴巴裡，模模糊糊地出一聲短音就好。這個音就是 “ə”。

Think-ə bout-i t.

怎麼樣？有沒有覺得發出來的音比較像外國人了？但光這樣還是不夠的，接下來後面的章節還有更詳細的解釋，可以讓大家輕輕鬆鬆地學得更好。

前述❶－❸點，是根據英語發音中非常基本的原則：

原則 1　子音 ＋母音的連音唸法

原則 7　字尾的子音發音要輕，或是只做出口形，但不出聲

原則 5　母音唸得要像 “ə”

外國人在講英語時，會不自覺地順著這些原則說出，所以只要我們能了解這些原則，而且讓它成為一種習慣，那麼，我們便可以自然而然地說得跟他們一樣好了。現在就讓我們從下一章節開始，徹徹底底地學好它吧！

§3 發音＋？＝會話

雖說學會本書發音方法的人便可以像外國人一樣發音標準，但能保證會話也呱呱叫嗎？那倒也不見得，因為會話有各式各樣特殊的用法，並非三兩下就可輕易上手的。舉例來說：

Stick around for a while.

是指 “stay”，你有馬上就會意過來嗎？

Sort it **out!**

知道這是什麼意思嗎？我想你應該知道單獨一個動詞 solve （解決），但像這類「動詞＋副詞或是介系詞」的用法（Phrasal Verbs, 動詞片語），在日常生活中使用得相當頻繁。

另外像 piss, fuck, shit... 這類絕不會在書寫時出現的粗俗字句（ 4-Letter Words，四字經），在會話中也都很常聽到。

Kiss my ass!

你是否經常在電影中聽到這句話？我想一定有不少人在想，到底「親我的屁股」是什麼意思吧!? 作者建議各位，雖然我們儘可能地要避免使用這些句子，但必須對它們的意思有一定程度的了解。

另外像:

Keep your shirt on!

No way!

等等，在日常生活中非常好用，而且使用次數也相當多。

如果沒有能力善用這些句子，就無法說出一口流利的英語。但由於這類句型太多，本書無法全部收錄，只能儘量將最常用的編寫進來，以滿足各位的需要，希望大家都能積極地學好它們。

前言介紹到此也差不多了，接下來的幾小時或幾天的時間，就請各位集中精神好好與英語打個交道吧！相信各位一定會大有收穫的。

現在，就讓我們正式向英語邁進吧！

第 11 章

流利、快速地說英語

§0 閱讀前須知

為了能讓各位對之後的每一章節有個大致的了解，作者在本章節裡作了通盤的說明，請各位務必要詳讀。

在每一章節的前兩頁，是針對母語為英語者的「發音原則」來說明。以英語為母語者都是利用這些相當簡單的原則來說話，讓各位可以從簡單的原則中輕鬆地增強發音能力及聽力。

另外，作者希望各位能花點時間，從電視或電影中多聽聽實際的例句，這樣才能與書上說的原則融會貫通，儘早派上用場。

說到這裡，有一點原則非得請各位注意，那就是:

切勿矯枉過正，為了怕發音不標準而不敢開口說話。

我們學語言的最終目的就是要用來溝通，所以就算你的發音怪怪的，用詞也不甚理想，仍然要大膽地說出口，千萬不可因而退縮，不敢開口。

語言只是個工具，重要的是要將內心所想的事表達出來，如果所說的內容毫無意義，就算你能講得多流利，對方一樣還是聽不懂。所以說話時請不要吞吞吐吐，也別太在意發音是否真的標準，大方地說出來就對了！很多人就因為犯了這樣的毛病，所以阻礙了學習的路程。請千萬記住，語言是要用來「說」的！

發音秘訣

之後在這小方塊中，我們將會針對國人覺得較難的發音作個別的說明。但請千萬不要矯枉過正，不敢開口。沒有人規定你非得發出多漂亮的音才能講話，如果只是一味地拘泥於發音，是會阻礙會話的進步。我想多多少少都有些「小笨蛋」會將 I love you 說成 I rub（搓） you 吧?! 但其實只要稍微注意一下，慢慢就可以糾正過來了。放輕鬆！放輕鬆！

嗨!!!

本書收錄許多外國人常用的「鮮活」例句，雖然其中沒有一個字的難度超過國中、高中的程度，但我想，仍有一些人會覺得很陌生，不太能活用。但我奉勸各位，如果想要學好英語，非得克服這個難關不可。所以當你看到「動詞片語」、「日常慣用語」或是「字彙 & 片語」時，一定要多花點時間「用心去體會」一下。

當各位讀完八章十五節的說明，而且能夠體會那些字句的含意時，恭喜各位，你就可以算是正式踏入西方人英語的行列了。

字彙 & 片語

本段落將講述動詞片語、日常慣用語以外的其他單字及用詞，請各位多加利用。

耶！供各位參考用的中文翻譯！

日常慣用語

本段落收集了日常常用的詞句，各位可以把它當成基本用例記下來。但為了能確實加以活用，請各位要注意用詞前後的上下文關係，抓住那份感覺才好。如果只是一味地死記，而沒有注意前後關係，是很容易誤用的。另外，也請各位要參考「補充說明」，才能更加活用那些詞句。

空閒的時候請多背背！	中文翻譯。
空閒的時候請多背背！	中文翻譯。
空閒的時候請多背背！	中文翻譯。

補充說明

本段落是根據日常慣用語的詞句再作更詳細的解說。其中也提供了其他的同義用法，希望大家能對英語有更深一層的認識，較難的詞句將有中文翻譯作輔助。

動詞片語

What are they?

They are basically verbs with extra "bits" (preposition or adverb or both) added to them. Sometimes the meaning is very clear, as with **turn on** or **sit down**, for example. But often the meaning is impossible to guess just by studying the separate parts. Can you guess that **get across** means communicate? Or that **pull up** means stop? How about **run out**? It means have none left. Did you guess right?

Maybe these phrasal verbs sound a little difficult and 麻煩, so you might be wondering:

Why bother studying phrasal verbs?

Well, it is, of course, possible to communicate perfectly well without phrasal verbs. The problem is that if you do this, you risk sounding unnatural or even pompous when it comes to everyday conversation. You can **extinguish** a cigarette, but why not simply **put** it **out**? You can **discover** how to get to Taipei, but it's better to **find out**. You can tolerate the pain, but most of us just **put up with** it. A teacher can **reprimand** you, but probably he will **tell** you **off**.

So if you really want to sound like a native-speaker, I am afraid you can't **do without** phrasal verbs! And besides, even if you yourself never use them, native speakers and writers use them all the time, so you have no chance of understanding what they say or write if you don't know at least the most common ones.

Anyway, most of them are **FUN** to learn, and just think how impressed people will be when they hear you using them!!

So come on, let's check out some of these phrasal verbs together!

Phrasal Verbs是由動詞 +介系詞（副詞）所組成的動詞片語。有些片語像 turn on, sit down 很容易從字面就了解意思，但像 get across 等就很難從字面推敲出它的含意，所以要學好這些動詞片語，對我們來說或許是蠻困難且麻煩的。

你或許認為，沒有這些動詞片語一樣可以和外國人溝通，沒錯！但如果你想要說一口聽起來感覺像外國人的英語，而且當他們在說這些句子時，你可以完完全全地了解他們在說什麼，你就非得要學會動詞片語不可。

幸好，在學習大多數的動詞片語時，我們還能從中找到一些樂趣，不至於覺得很枯燥。試想，當自己可以說出一口漂亮又自然的英語時，別人那種驚訝的眼光，那將會是多麼令人興奮的一件事啊！就讓我們透過本書來好好鑽研一下動詞片語吧！

注　意

WHY 4-LETTER WORDS?

For whatever reason, everyone seems to be interested in learning the **bad words** in a language! Is it the perennial attraction of the forbidden? Is it because it makes us feel like we "belong" more deeply to the target culture?

Whether this phenomenon is good or bad is not for us to judge, but we must at least recongize its existence and then see if anything needs to be done about it.

The **fact** is that native speakers of both sexes, all ages and all levels of society do use "bad" language. Students of English will meet swear words frequently either in real life situations or through the media (TV, movies, magazines, etc.) or even in serious literature. So, any serious student **should** know such words.

The problem is that the use of swear words actually requires considerable skill, as well as linguistic and cultural sensitivity. From a native speaker's point of view, when we meet a foreigner who can use such words convincingly and effectively, we know that he/she has reached a very high level indeed.

More often than not, however, students use them inappropriately. Then they sound awful and this can also lead them into "sticky" (unfortunate) situations. Some students, particularly those who have spent some time abroad, tend to **overuse** bad language, thinking that it sounds "cool". It doesn't.

We must never confuse the ability to use something with the **advisability** of using it. A karate expert can kill someone with one blow but he/she doesn't go around killing people all the time!! **Learn** how to recognise and use bad language but use it selectively and appropriately.

What we wish to do in this book is:

1.to teach the **correct** words and expressions

2.to teach their **correct** usage
3.to advise as to the **level of vulgarity** of certain words and expressions

As **a general rule of thumb** you should bear in mind that when such words are addressed directly to another person their level of **offensiveness is high**. When they are used with things or situations their level of **offensiveness is relatively low**.

If in doubt don't use them at all!!

基本上只要講到 **4-letter words**（四字經），通常都離不開「性」或者是「身體」的某機能，那麼本書為何還要特別介紹這些粗俗的用法給各位呢？在這裡要澄清的是，我們絕對沒有存半點好玩的心態，相反的，我們是認真地希望能藉由這些詞句，讓各位了解何謂真正的生活用語。

不知道為什麼，每個人在學習另一種新語言時，似乎都對它的「髒話」特別感興趣，是因為被壓抑的心態在作祟？還是因為說那些話會讓自己覺得更接近那一國的文化？在此我們無需對這些現象的對與錯作評論，但至少我們不能否定它們的存在，因此我們必須要有所因應。事實上，我們隨時都有可能在社會上的每個角落：現實生活中、傳播媒體上（電視、電影、雜誌），甚至是一場嚴肅的演講中，聽到各階層的男男女女、老老少少使用這些不雅的字句，所以對一個學生來說，學習該國的「髒話」是有必要的。

但問題是，說這些髒話時，必須要考慮到說話的技巧、語言學的觀點及文化背景，才能發揮它真正的效果。當我們聽到一位外國人在某一時機及狀況下，很適切地說出我們語言的不雅句子而且達到他/她的目的時，我們應該可以肯定他/

她對我們的語言有著某種程度的了解和認識。但大部份的時間，我們通常都聽到學生們很不得體地在講髒話，那是一件令人覺得相當恐怖的事。特別是一些曾經出國留學的人，以為講得越多，就顯示他們的語言能力愈好、愈酷，這真是個嚴重錯誤的觀念。所以我們應該要學會選擇在合情、合理的狀況下使用這些字句。

「有能力的老鷹會隱藏牠的利爪」，就如同一位空手道高手，雖然他可以輕而易舉地用他那高超的技術殺害一個人，但我們卻不會看到他隨時隨地都在殺人。這兩者的道理是一樣的。

我們期望透過本書做到：1.讓各位知曉正確的語句及表達方式；2.教導各位如何正確地使用；3.讓各位對一些字句的粗俗程度有些概念。

[一般的傾向]

根據一般的經驗，通常直接衝著「某人」說出那些粗話時，說話者的攻擊性是相當高的;但如果只是針對某事物或情境的話，他的攻擊性就不會這麼強了。

但只要說出這些字句，有時會讓別人懷疑自己的品格有問題。所以：

如果你無法確定何時使用才適當，我建議你乾脆就不要用!!

15 COMMANDMENTS

15 項建議

在每一章節的最後，都有特別針對英語會話所提供的幾項建議，請各位務必要參考，相信必定會有所幫助的。

§1 連音方法

當你聽到外國人在講英語時，是否發現他們的發音很有趣？明明是一個一個的單字，但聽到的卻是一串連在一起的音？沒錯，千萬別懷疑你的耳朵有問題，他們的確是這樣。而且無獨有偶地，法語的 liaison 發音也是採相同的原則，將字與字前後連在一起發出。

但並不是所有的音都是這麼唸的，現在我們先講解連音方法中最重要的原則。

原則 1　子音 + 母音的連音唸法

get up ☞ get-u p

get 與 up 不能單獨分開唸，而是應該將 get 的最後一個子音 t 與 up 的第一個母音 u 連在一起唸，變成 get-u p。

這裡要注意的秘訣，就是將母音當作前一個單字的一部份唸出來。現在就讓我們來做做以下的練習。

❶ come on ☞ come-o n
❷ clean it ☞ clean-i t
❸ an apple ☞ an-a pple
❹ Shut up. ☞ Shut-u p.
❺ I like it. ☞ I like-i t.
❻ Think it over. ☞ Think-i t-o ver.

❼ Shall I take it? ☞ Shall-I take-i t?

你千萬不要懷疑自己這樣連起來的唸法會讓人聽不懂，它們聽起來可是相當自然的，而且不知你是否注意到，這種唸法的速度也比一個一個分開來唸要快得多，這就是為何外國人的英語聽起來要比我們的來得快的原因之一。

i 的發音秘訣

發 i 的音，就是將舌尖頂住上顎的內牙齦，讓氣聲從舌頭兩側發出。

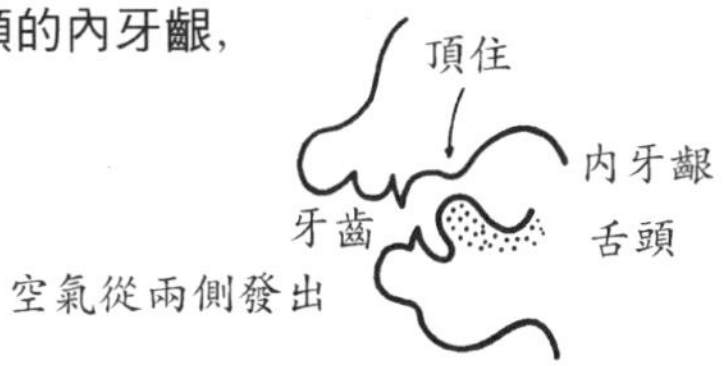

IDIOT!

George(G) and Chris(C) have just been **told off** by their boss...

G: What an idiot!

C: Yeah. That wasn't fair at all. I mean, we worked so hard to **wrap up** that job and we **end up** getting **told off**.

G: So much for our promotion chances.

C: **No chance**. Unless we become expert **apple-polishers**.

G: **No way**! Let's just **carry on** as before and hope that this will all **blow over**.

C: I have a better idea. Let's get back to work and **show him what we're really made of**.

G: **Right on**!

字彙 & 片語

● fair：公平 ● not～at all：一點也不 ● job：工作 ● so much for：到此為止 ● promotion：升遷 ● unless：除非 ● expert：專門的 ● get back to：回到～

笨蛋！

喬治和克利斯兩人剛被上司責罵……

喬治：真是有夠白癡的了！

克利斯：是啊！真是不公平。我們拼命地想把工作做完，沒想到到頭來還挨了老闆一頓罵。

喬治：看來這回我們是沒有升遷的機會了。

克利斯：想都別想，除非我們先學會怎麼當個馬屁精。

喬治：要我做這種事是絕不可能的。我們還是照原定方式把事情完成，其他的就算了吧！

克利斯：我有個好主意，我們再繼續認真工作，讓他見識一下我們的真本事。

喬治：好，就這麼決定吧！

日常慣用語

No chance!	毫無希望。
That guy is an **apple-polisher**.	那個傢伙是個馬屁精。
Will you marry me?—**No way!**	你願意嫁給我嗎？——門兒都沒有！
I'll **show him what I'm made of.**	我會讓他見識到我的實力。
Right on!	好耶！

補充說明

❶ No chance!: not a hope/impossible（沒希望/不可能）。

❷ apple-polisher: 動詞為 apple-polish, 從字面上「擦亮蘋果」可以很容易地想像它的含意。flatter to gain personal advantage（為了自己的利益而奉承別人）。另一種用法為 teacher's pet（老師所偏袒的人）。

❸ No way!: absolutely not/never/You must be joking. "No"的加強用語。

❹ show what ... made of: 較簡短的用法為 Let's show them./I'll show'em.

❺ Right on!: 贊成、同意的口語用法。

動詞片語

▼wrap up	結束
▼end up	結束～
▼tell off	責罵
▼carry on	持續
▼blow over	被遺忘

Let's wrap up this assignment.	讓我們把這份工作做完吧！
She'll end up divorcing you.	結果她還是要和你離婚。
My parents told me off.	我挨了父母一頓罵！
Carry on studying hard.	繼續用功唸書。
Even the biggest scandals blow over eventually.	即使再大的醜聞最後都會漸漸地被淡忘。

補充說明

❶ tell off: scold/reprimand （責罵）

❷ wrap up: complete? (使完成)/finish

❸ end up: to reach a certain place or situation eventually （最後所達到的場合或情況）

❹ carry on: continue

❺ blow over: gradually be forgotten 逐漸淡忘（通常用於一些不好的情況）

OK! Don't worry.
blow over
事情既然過去就算了！

注意 "Ass"

內文中的 What an idiot! 如果換成 What an asshole! 罵人的意味就更重了。 ass 是 buttocks/backside （臀部）的俗語，不太拿得上檯面，但由於現在很多的情況都會用到它，因此只能說是「稍微」粗俗的俚語。

以下是我們所收集的各種不同的表現方式:

- **asshole**: idiot （笨蛋、白癡）。對於某人愚蠢的行徑感到氣憤時用。
- **work one's ass off**: work really hard。
- **ass-kisser**: 和內文中提到的 apple-polisher 是相同的意思。另外也可改成 ass-licker (sucker)。
- **get our asses in gear**: get into action （採取行動）。通常是對做事偷懶的人說的。從字面上「把屁股放進齒輪中」應可了解它的意思。
- **Kiss my ass!**: 和 No way! 一樣，表強烈的拒絕。 "He says you have to come immediately." "Tell him to kiss my ass."

- **a pain in the ass**: 讓人感到不舒服的人或事物。 I have to work overtime all this week. It's a real pain in the ass. （這個禮拜我都得加班，真快受不了了！）另外也有 a pain in the neck 這種正經的說法。
- **smart-ass**: ＝ a wise guy （聰明的小子）。由此看來，「屁股」的用法也真是比我們想像的要多得多了！

§ 2 同音、近似音

外國人的英語聽起來都是連在一起的原因，除了因為「子音＋母音」的連音外，還有另外一個原因，現在就讓我們一起來了解。

原則 2　同音、近似音的重疊

at ten ☞ at ten

雖然我們講重疊音，但倒也不是完完全全的重疊在一起。上例的第一個 t 只做出口形,並沒有出聲，第二個 t才發出聲音。

並不是只有相同的字母才如此，像 t-d-b, s-sh 等也都是依照這個原則發音的。

❶ at two ☞ at two
❷ black coffee ☞ black coffee
❸ good day ☞ good day
❹ big game ☞ big game
❺ hot dog ☞ hot dog
❻ good teacher ☞ good teacher
❼ with this ☞ with this
❽ walks slowly ☞ walks slowly
❾ this shop ☞ this shop

⑩ same man　　☞ same man

⑪ can never　　☞ can never

你可以試著不按照這原則將例句 ❶–⑪ 分別唸唸看，也就是同樣的音都唸兩次。如何？發現這種發音方式的困難處了嗎？

w 的發音秘訣

發 w 的音時，請試著將嘴唇嘟成圓形，多練習幾次 "wa"、"wi"、"wu"、"we"、"wo"。

Best Friends

Helen(H) talks to her best friend, Karen(K), about her relationship problems...

K: Hi, I just **dropped by** for a chat.

H: Great! I need to talk to you.

K: Why? **What's the matter**?

H: I'm just **feeling down**, that's all.

K: Why?

H: It's Dave... Well, we've been **going out with** each other for over 3 years now, but any talk of marriage **turns** him **off** completely. What really annoys me is that he won't even discuss it!

K: **Look**..., like lots of guys, he is just scared. Be patient and he'll **give in** eventually, you'll see.

H: **The sooner the better**, because I'm **going bananas**!!

字彙 & 片語

● chat：聊天 ● marriage：結婚 ● completely：完全地 ● annoy：使人惱怒、不樂 ● even：甚至 ● discuss：討論 ● guy：人/傢伙 ● scared：害怕的 ● patient：忍耐的

最好的朋友

海倫和她最好的朋友凱倫在討論她與男朋友間的問題……

凱倫：嘿！我們來聊聊天吧！

海倫：好啊！我也正想找妳談談。

凱倫：怎麼了？有什麼事嗎？

海倫：沒什麼啦！只是心情有點不好。

凱倫：為什麼？

海倫：還不都是因為達夫……，算算我們交往也已經超過三年了，可是他好像根本沒有意思要結婚，最讓人生氣的是，他竟然連談都不想談。

凱倫：哦！原來是這麼回事！我想他也跟其他男孩子一樣，害怕結婚吧！別急，他到最後還是會投降的，妳等著看吧！

海倫：他最好是快一點，要不然我快要氣瘋了!!

日常慣用語

What's the matter?	怎麼了？
I'm **feeling down.**	我心情不好。
Look...	聽我說……
The sooner the better.	愈快愈好。
Tom **went bananas.**	湯姆氣瘋了。

補充說明

❶ feel down: depressed (沮喪)。

❷ Look...: 並沒有特別的意思，只是在說話前稍微強調一下，讓人注意。也可換成 Listen...。

❸ The sooner the better.: as soon as possible, “When do you want this finished?”（你想什麼時候完成？），“The sooner the better.”（愈快愈好）。

❹ bananas: 和 crazy, mad, nuts 同義。

動詞片語

▼drop by (in)	順道拜訪
▼go out with	約會、交往
▼turn off	興趣缺缺
▼turn on	感興趣
▼give in	投降

Why don't you **drop by** for a coffee?	你怎麼不順道過來喝杯咖啡？
Tonight I'll **go out with** Tom.	今晚我要和湯姆約會。
Everybody **turns** me **off**.	每個人都討厭我。
He **turns** me **on**.	他對我有意思。
He'll **give in** eventually.	到最後他會投降的。

補充說明

❶ drop by: pay a casual visit（順道拜訪）

❷ go out with: have a date with（約會）。Anna's going out with Tom tonight!! 此外，也有單指外出（have fun，找樂趣）的意思。

❸ turn off: cause to lose interest/become indifferent...

❹ turn on: 和 turn off 意思相反，有「吸引 /刺激 (arouse)/使興奮 (excite)」的意思。❸和❹有時也有與性方面 (sexually) 有關的意思，本例中就有這個意味。 a turn-off/a turn-on 也是相同的意思。 Those clothes are a definite turn-off.

❺ give in: 認輸，通常指在長時間的壓力下。 Don't give in, no matter how much pressure they put on you. （不管他們給了你多大的壓力，你都不可以認輸。）

〔注：標示「☺」者，指的是人，標示◇者，則代表事物〕

注意 "Pissed off"

本文中的 "What really annoys me..." （讓我真的生氣的是……）也可改說成 "What really pisses me off..."。 piss 原本是 urinate （小便）的粗俗口語用法，但由於現在有愈來愈多的人，尤其是年輕的一代常常用，所以大家也就不覺得特別不雅了。但有些人為了避免使用這個粗俗用語，也會改說成 "peed off"。 pee 是 urinate 的一般口語用法。

- **piss off** 有很多種用法:
  I'm pissed off! （當作形容詞用）
  He pisses me off! （主詞為人）
  That pisses me off! （主詞為事物）
- **Piss off!**: 是 Go away! 的強烈用語，「滾開」的意思。這個用語表現出相當不悅的態度，請盡量避免使用。

§3 近朱者赤，近墨者黑

交友的好壞對自己的影響相當大，正所謂「近朱者赤，近墨者黑」。其實在發音的世界中也是相同的道理。當外國人說話到達一定的速度時，前後發音都會相互影響，只要我們能夠知道並了解那些影響發音的方法，就可以說一口流利的英語了。現在就讓我們在第二章的最後一項練習中，看一下這個原則。

原則 3　與鄰近音的相互影響

各位，現在就讓我們一起來練習第三項原則吧！

〔規則 1〕複數、第三人稱單數後面的 s，在無聲音之後，唸 "s" 在有聲音之後則唸 "z"。（例： caps, apples）

〔規則 2〕過去式 ed，在無聲音之後唸 "t"，在有聲音之後則唸 "d"。（例： washed, played）

〔規則 3〕have to 唸作 "hav to"， has to 唸作 "has to"。

事實上，這些「規則」嚴格說起來都不能算是規則，它們只是很自然地依據上述原則 3 的原理，而不是單就字面音一個一個的發出來，這種受前、後音影響的情況是相當常見的。

以下我們收集了幾種受前、後音影響的句型供各位練習，多練幾次，應該可以把英語唸得更好。

❶ Of course　☞ f 受到 c 的影響而變成 "hu"。

❷ with cold　☞ th 受到 c 的影響而只有氣聲（無聲音）。

❸ Would you ☞ d 和 y 連在一起唸變成 “dsu”。

❹ I met you ☞ t 和 y 連在一起唸變成 “tsu”。

❺ in the park ☞ n 和 th 並沒有分開唸，而是連在一起。要發 n 的音時，先將舌頭頂住前齒（準備發 th 的音），接著便可自然地發出 the 的音。

❻ in fact ☞ 發 n 的音時，前齒輕觸下唇（準備發 f 的音）。

❼ in between ☞ 雖為開唇音，但為了要作唸 b 的準備，因此唸成閉唇音 “n”，接著便可自然地發出 between 的音。

p/ b 的發音秘訣

不論是 p 還是 b，發音時只要將嘴唇閉上，接著發出爆裂音就可以，在發音上來說算是相當容易的。

OH, NO!

Bill(B) has just made a big mistake and his colleague, John(J), isn't much help.

B: Oh, no. I've just **wiped out** the whole file, and I don't have a backup disk.

J: **You're kidding!** The boss is going to **kill** you! If I were you, I wouldn't **stick around** the office.

B: No. I'll just have to **face the music**. But we'll have to **call off** the meeting.
J: No way! It's far too important. You'll have to **come up with** a solution.
B: But what **on earth** can I do?
J: That's your problem. **Sort it out**. **See you**!
B: Thanks a lot.

字彙 & 片語

● colleague：同事 ● whole：全部 ● file：利用電腦或其他工具所製作的文書資料。（要是一不小心犯了個錯就會全被銷毀，所有辛勞頓時化為泡影。在編製本書時，這種情況也曾碰到過三次，相當令人頭痛）● backup disk：為了防止資料被銷毀而製作的備份檔案。（要是不小心資料被銷毀而忘了作備份，那真是會讓人吐血！）● solution：對策

哦！不！
比爾剛犯下了一個大錯，而他的同事約翰卻不肯幫他的忙。
比爾：哦！不！所有的資料全都毀了，而我卻沒有作備份。
約翰：你不是開玩笑吧?!老闆要是知道一定會把你殺了。如果我是你，我現在絕不會還留在辦公室裡的。
比爾：不，我願意接受處分。但我們只好取消會議了。
約翰：不行！這個會議太重要了，你非得想個法子解決不可。
比爾：你說我還能怎麼辦？
約翰：那是你的問題，快想辦法吧！再見！
比爾：真是謝謝你哦！

日常慣用語

You are kidding!	你在開玩笑吧!
He'll **kill** me.	他會殺了我。
I'll **face the music.**	我願意接受處罰。
What **on earth** are you doing?	你究竟要怎麼做?
See you!	再見!

補充說明

❶ (You're) kidding: not serious

John's getting married? No kidding?

(約翰要結婚了，真的嗎?)

❷ He'll kill me.: He'll be really angry with me.

She'll kill me when she finds out I crashed her car.

(她要是看見我把車撞成這樣，鐵定會殺了我。)

❸ face the music: 對做過的事甘願受罰

Well, it's my mistake so I guess I'll have to face the music.

(錯誤是我造成的，我願意接受處罰。)

❹ ...on earth...: 加強語氣的用法，「究竟……」。

❺ See you.: goodbye 的日常用語，經常聽到有人唸成 See ya。

動詞片語

▼wipe out	徹底消失、毀滅
▼stick around	停留
▼call off	取消
▼come up with	想出
▼sort out	解決

The whole town was **wiped out** by the floods.	全鎮因洪水來襲而變得面目全非。
Do you mind if I **stick around** for a while?	我可以在這停留一會兒嗎?
The match was **called off.**	比賽取消。
Don't worry. I'll **come up with** something.	別擔心，我會想出辦法的。
Sort it out!	把它解決了吧!

補充說明

❶ wipe out: erase/destroy completely

❷ stick around: stay

❸ call off: cancel

❹ come up with: think of/find

❺ sort out: 通常都解釋成 separate into different group 「分類」，在這裡為 solve a problem/deal with 「解決/處理」的意思。

Stick around

注意 "Hell"

hell 表示嫌惡或只是單純地強調。本文中比爾說的 "Oh, no!" 也可說成 "Oh, hell!"，意思是不變的。此外，"What on earth..." 也可換成 "What the hell..."。使用 hell 的講法十分妥當，應該不會讓聽者覺得不舒服。

以下我們列舉幾種 hell 的講法:

● **like hell**: 絕不 (=No way!)

- **What the hell...**: 強調說明（究竟）
  幾乎與疑問詞 (who, when, why, where, how...) 等一起使用
  Where the hell have you been?
  Who the hell is he?
- **Oh, hell!**: 哦！（表厭惡或失望）
- **a hell of a...**: 很棒、了不起
  That was a hell of a party/game.
- **Just for the hell of it.**: 半開玩笑地、不由得
  "Let's call Steve." "Why?" "Just for the hell of it."

COMMANDMENT 1

BUILD A
FIRE!

You have to really, I mean REALLY WANT to learn English. You must have a fire in your belly, as we say. A PASSION to become as fluent as possible...

【大意】： 各位的心裡務必要有「我一定要學好英語」的決心，讓這股決心在心中生出非得戰勝英語的熱情，儘可能地將英語練到流利的地步。

COMMANDMENT 2

TAKE
RISKS!

It's easier to say nothing, to NOT participate, to just sit back and let things happen. OK... but you'll never get good at English like that. Jump in... have a go!! No risks, no progress.

【大意】： 什麼都不說、都不參與，僅坐在一旁觀看是很容易的事。但我向你保證，那是絕對學不好英語的，一定要親身參與才行。不管多難都得要下定決心試試看，否則是不會進步的。

COMMANDMENT 3

MAKE
MISTAKES!

Strange advice? Not at all! Making mistakes shows that you're really trying; that you are taking risks. So you will make progress.

【大意】：　是不是覺得很奇怪，作者怎麼會叫你們去犯錯？別誤會，因為有失敗，才會有下一次的嘗試，才會一次比一次更進步。

第 III 章

該弱則弱

§ 1 單字的強弱唸法

說英語時，在強弱上的區別比我們的母語要明顯得多。當遇到需強調或重要的單字時，語氣就明顯地加強；相對地，當遇到像介系詞之類較無特別意義的單字時，只要輕輕地帶過去。由於我們的母語並不像英語有如此明顯的強弱區別，因此當我們唸英語時，聽起來顯得特別平淡，這也就是為什麼我們總是無法把英語說好的一大阻礙。在本章節中，要教導各位如何將英語的弱音輕輕帶過的訣竅，好讓大家的英語聽起來更像外國人的發音。

現在先請各位唸唸看下面的句子。

The doll is for you.

在這裡要注意的是，全句的每一個單字的重音不全都一樣，所以應該唸成:

The doll is for you.

不含有重要意思的單字應該輕聲唸過（ the, for 的 th 和 f 發音幾乎聽不見）。接著，請再試著唸唸下面的句子。

❶ Boys like girls.

❷ The boys like girls.

❸ The boys will like girls.

❹ The boys will like some girls.

雖然❶～❹的單字數目一句比一句多，但唸第❹句的速度卻不是❶ 的二倍長，而應該說是差不多的長度。原因就在於這幾句的重音單字都是一樣的。

❶ **Boys like girls.**

❷ The **boys like girls.**

❸ The **boys** will **like girls.**

❹ The **boys** will **like** some **girls.**

以上的例句，應該可以讓各位了解，當遇到不重要單字時弱音唸法的重要性了吧！

f/v 的發音秘訣

p/b為破裂音，而 f/v 為摩擦音，是由上前齒輕壓住下嘴唇內側所發出的音。請多練習幾次摩擦所發出的音，雖然請你咬住下唇，但可不要太過用力喔，那是會痛的。你也可以試試看 ffffan, vvvvan 這種唸法，很有效哦！注意不要誤唸成破裂音了。

A RIP-OFF!

David(D) is very unhappy with the car he just bought through the classified ads in the newspaper, so he goes back to see Tom(T), the guy who sold it to him.

T: **What's up?**

D: You **ripped** me **off**, that's what.

T: What are you talking about?

D: That car you sold me has **broken down** already.

T: You test-drove the car before you bought it, so **too bad!**

D: Give me my money back now, or **face up to** the consequences.

T: **Get lost!**
D: You won't **get away with** this. You can **count on** it.
T: Just **clear off**, will you. I **can't stand** bad losers.

字彙 & 片語

● classified ads：分類廣告 ● test-drive：試開 ● will you：你是否可以～，在本範例中當然沒有這麼斯文有禮（請參照翻譯） ● bad loser：也可說成 bad sport，指輸了比賽不服結果而嚷嚷的人（我也曾被父親責罵過要我「果斷一點！」）

被坑了！
大衛不久前看了報紙的廣告而買了一部車，現在因車子不良而非常氣憤，他正準備要去找賣他車的人湯姆。
湯姆：怎麼回事？
大衛：我被你坑了，就這麼一回事。
湯姆：你在說什麼呀？
大衛：你才賣給我的車馬上就壞了。
湯姆：哦！那真是太遺憾了，可是你在買之前已經試開過，沒問題的啊！
大衛：你現在馬上把錢退還給我，不然要你好看！
湯姆：你滾開！
大衛：好，咱們走著瞧，你一定會嚐到苦頭的。
湯姆：我再說一次，你給我滾開！我不想再聽你這隻瘋狗亂吠了。

日常慣用語

What's up?	怎麼了？
That's **too bad**.	真是太遺憾了。
Get lost!	滾開！
Clear off!	滾開！
I **can't stand** umeboshi.	我討厭酸梅。

補充說明

❶ What's up?: 與 What's the matter?/What's the problem? 同義。

❷ too bad: It's a pity.（真遺憾）。

You failed the test?（考試考差了？）Oh, that's too bad.

❸ Get lost!/Clear off!: 兩者均為 Go away 的粗魯用法。

❹ can't stand：hate/can't tolerate（嫌惡/無法忍受）。

I can't stand that noise a moment longer.

（我再也無法忍受那個噪音了！）

動詞片語

▼rip off	偷
▼break down	（機械）壞掉
▼face up to	採納 / 接受
▼get away with	逃避責任
▼count on	信賴 / 確信

I've been **ripped off**!	我被坑了！
My car **broke down**.	車子拋錨了。
Face up to reality.	面對現實。

You can't **get away with** that!	你不能逃避責任。
You can always **count on** Mary to do a good job.	瑪麗總是可以作好每一件事。

補充說明

❶ rip off: 也可當名詞使用。

These plastic watches are NT$10,000 each. What a rip-off!

（這些塑膠手錶一隻 1萬元，坑人哪！）

❷ break down: 也可使用於當精神崩潰時。

He broke down when he heard the terrible news.

（當他聽到這個驚人的消息時便崩潰了）

也可當名詞使用。 Mary had a nervous breakdown. （神經衰弱）

❸ face up to: get ready for/accept, 通常指不好的結果，用於承擔某種 consequence （後果）的意思。

❹ get away with: escape punishment。另外也有有趣的說法， get away with murder （不論行為如何惡劣都不會被懲罰） The students get away with murder in Mr. McVay's class. （只要是麥克威老師的課，學生再怎麼調皮都不會被懲罰）

❺ count on : rely on/be sure of。本文中的 You can count on it. 也可說成 You can bet on it.。 It's sure to happen. 與「肯定是如此」意思相符。

注意 "Fuck"❶

各位一定經常在電影或日常生活中聽到外國人說 fuck 這個字吧！就是因為時常會用到，所以我們有必要多了解一下這個單字的各種用法。 Fuck 是英語中最粗俗的一個單字，特別是直接衝著對方說出這個字時，是非常非常不禮貌的表現，所以請各位要多多注意。（在此我奉勸各位最好儘量不要用）

fuck 原本是指 sex act的意思，此外也有下列不同的用法：

- **Fuck off!**：「滾開」。比本文中的 Get lost!/Clear off! 還要強烈得多。
- **What the fuck...?**：究竟……？和 hell 一樣，多以疑問句的方式。

  Who the fuck broke my CD player?

  （究竟是哪一個人弄壞了我的 CD 唱盤？）
- **Fuck you!**：最惡劣的罵人用語。當某個人氣到不知該如何時，衝口而出的話。（相信各位已能了解這句話不雅的程度，所以請千萬、千萬不要用……）
- **fucking...** ＋名詞・形容詞：強調表現（很、非常）

  He is a fucking idiot.

  （他真是白癡透頂了。）

  This is a fucking great party.

  （這真是個棒透的宴會。）

§2 弱者恆弱

前一章節我們說明了「弱音單字要輕聲帶過」的重要性。那麼現在讓我們來了解一下到底哪些是屬於「弱音」單字呢？

原則 4 無重要意思的單字為弱音

一般說來，輕聲唸的單字都不具有什麼重要的意思。其中最具代表性的單字要屬定冠詞 a, the, some... 以及代名詞 he, she, it...等。這些單字在一個句子當中比起其他單字來說，地位並不是那麼重要，也不會對句子造成直接的影響，所以就算聽不清楚或沒聽到，也可以很容易地從句子前後文的關連性串連起來。除非有特殊的場合，否則這些單字都必須要輕聲地帶過。

除了定冠詞、代名詞之外，這類唸輕音的單字尚有 be 動詞、前置詞、連接詞等等，都是相當典型的例子。現在就讓我們馬上來練習看看吧！下面例句中非粗體字的部份即唸輕音。

❶ **I** will **lend** you some **money**.

❷ He **loves** his **dog**.

❸ Is he **married**?

❹ Is he from **Japan**?

❺ **John** and **Mary love** him.

❻ **Way** to **go**!

❼ Is **this** for **me**?

❽ There was a **boy** at the **station**.

❾ **Tom** must have **killed** her.

❿ **Nick** is the **man** that I **saw** at the **park**.

當然囉！如果這些單字在某些情況下另有重要的意思，仍舊可以清楚地把它們唸出來。例如要特別強調 will 強烈意願的話，便可以很清楚地唸出： I **will** do it!

要了解這個原則並不困難，只要各位能清楚地將重要部份的單字唸出即可達成目的。

“ə” 的發音秘訣

“ə”為發輕音時的關鍵母音。請先發“ə－”的音，接著嘴唇放鬆微閉，不要出力，再唸一次，不是唸 “a”，也不是唸 “u”，而是一個模模糊糊的音，這就是 “ə”。注意嘴唇和舌頭都沒有出力，而且舌頭也沒有接觸任何一個部位，完全不需思考便可輕鬆地發出，可說是所有母音中最容易發出聲的音。

不要出力

CAR PROBLEMS!

Alan(A) is having problems starting his car just as his neighbor. Mary(M), **passes by**...

A: God! I hate this stupid car.

M: Hi, Alan. Are you complaining about that **old banger** of yours again?

A: Oh, hi, Mary. Yeah, well, it always **lets** me **down** and today I have to **pick up** Sue from the airport!

M: Ah... **You poor thing**! (says Mary, laughing)

A: It's not funny. Sue will kill me if I'm late! (shouts Alan)
M: OK, OK. **Keep your shirt on. Hold on** a minute and I'll get George to **look it over**. He's a dab-hand at mechanics.
A: Thanks, Mary. **You're an angel**.

字彙 & 片語

● hate: 恨 ● stupid: 笨蛋 ● complain: 抱怨 ● airport: 機場 ● late: 遲到 ● mechanics: 機械

車子故障!

艾蓮因為車子發不動而傷腦筋，這時鄰居瑪麗剛好經過。

艾蓮: 天哪！我真是恨透了這部笨車！

瑪麗: 嗨！艾蓮，你又在抱怨你那輛破老爺車了嗎？

艾蓮: 哦，嗨！瑪麗。是啊！它總是讓我頭痛，而且我今天還得去機場接蘇。

瑪麗: 唉！你真是可憐啊！（瑪麗邊說邊笑著）

艾蓮: 這一點也不好笑。如果我遲到的話，蘇一定會殺了我！（艾蓮咆哮著）

瑪麗: 好！好！冷靜點，我去找喬治來檢查看看，他可是個機械專家哦！

艾蓮: 謝了，瑪麗！你幫了大忙。

日常慣用語

I love this **old banger**.	我喜歡這輛破車。
You poor thing!	你真可憐。
Keep your shirt on.	冷靜點。
He is a **dab-hand** at car mechanics.	他是修理汽車的專家。
You're an angel.	你幫了我的忙。

補充說明

❶ old banger: old, noisy car（老舊且會發出噪音的破車）是從 Bang! Bang! 的聲音演變而來的。

❷ You poor thing!: 當某人遭遇很可憐時用。在這裡 thing 是指人。

❸ Keep your shirt on.: Stay calm! (冷靜點)/Don't get angry!

❹ dab-hand: expert 的意思，某一方面的專家。

❺ You're an angel.: very kind. 是從大家對天使慈愛般的印象所衍生出來的。

動詞片語

▼pass by	通過、經過
▼let ☺ down	失望、低落
▼pick up	（開車）迎接
▼hold on	等待
▼look over	詳細檢查

I was **passing by** your house at that time.	當時我正經過你家。
They promised, but **let** me **down** again.	他們已答應我，可是又讓我失望了。
What time shall I **pick** you **up**?	什麼時候去接你？
Hold on!	稍待。
It sounds perfect, but let me **look** it **over** first.	聽起來很棒，但還是先讓我考慮一下。

補充說明

❶ pass by: to go past/near, 請各位一併記住本字的名詞用法。 I enjoy sitting in a street cafe just watching the passers-by. （一面欣賞路人……）

❷ let ☺ down: disappoint，也可當名詞使用。 "I didn't pass the test." "What a let-down!" （真是令人失望的消息）

❸ pick up不僅指「開車接人/取物」，另外還有「撿起掉落的東西」、「身體康復」的意思。 He was quite sick but he's picking up well now. 也很常用 I go to discos to pick up girls.

❹ hold on: wait

❺ look over: examine carefully

注意 "Bitch"
bitch 原本是指「母狗」，是一個很普通的單字。但在這裡，卻衍生出另一個「壞女人」的意思。例如： What a cold-hearted bitch she is! （真是個冷酷無情的女人）

Tina Turner的一首歌“The bitch is back!”也是相同的意思。我們會常在電影或電視上聽到Bitch這個字，是個相當強烈的字眼。

較常搭配bitch的用法為**son of a bitch**。雖然比起bitch的感覺聽來要溫和得多，但罵人的意味依舊非常強烈。

Get out of here, you son of a bitch!（滾出去……）

That son of a bitch stole my wallet!（偷走錢包）

但當不是用在罵人時，就僅表達出憤怒、震驚、氣餒等情緒，請看下列幾個句子：

Son of a bitch!（他媽的）I really wanted that job.

此外，下面兩種用法由於比上述的表達要來得溫和，使用的機會也不少，所以請一併記住。

● **a bitch of a**: terrible（糟糕）、great（了不起）

I had a bitch of a day today.（今天真是糟糕透了）

That was a bitch of a game.（真是個了不起的比賽）

● **bitch**（作動詞用）：「抱怨」

My boss is always bitching about something.

（老闆總是抱怨這、抱怨那的）

牠可不是Son of a bitch。

小心點用哦....

§ 3 輕輕鬆鬆地唸 “ə”

讀到這裡，各位應該已經可以了解無明確意義的單字必須要唸得快、輕了吧！但是到底要將重點放在哪裡才可以唸得又輕又快呢？答案就是 “ə”。請各位先看原則 5。

原則 5　母音要唸得像 “ə”

這個原則看起來似乎很困難，但事實上它卻是再簡單也不過的了。這個原則的要領是，當遇到不需要非常強調的單字時，嘴巴放鬆，圓滑地發出類似母音 “ə”的音。例如 What time shall I pick you up? 中，助動詞 shall 當然就要輕聲帶過，嘴巴不要出力、輕輕地，將 shall[shæl] 改唸為[shəl]，如何？只要照著這個原則唸，便可跟上外國人唸的速度了。

現在我們來練習看看，將下列單字中的母音唸成輕聲的 “ə”。

❶ Tell us./Tell them.

❷ You know...（感覺像是唸短音“yə”）

❸ What's your telephone number?

❹ This is for you.（感覺像是唸短音“fə”）

❺ John and Mary...（別忘了原則1）

❻ I have a pen.

❼ I saw the man at the park.

❽ Tell him.（不完全是“hə” 的音，而是近似“ə”）

❾ What did he say? （不完全是“hə”的音，而是近似“ə”）

現在各位應該了解它一點也不困難了吧！請再多練習幾次輕弱音的唸法，只要你能確定發音的時候嘴巴不動、輕輕地發近似“ə”的音，那就絕對沒問題了。

● 依照上述原則，再加快唸的速度，母音自然而然地會不見 (shall ☞ shl, some ☞ sm)、子音也會不見 (he ☞ i, them ☞ əm, and ☞ n)，這是正確的現象，不用擔心。

“æ” 的發音秘訣

“æ” 是 a 和 e 之間的音。你有聽過電影 Batman 發音成 “ba to man” 的嗎？如果有，那肯定是錯的。應該要有更壓低音的感覺。就像 bad-hand-have...等，被用到的機會非常頻繁。

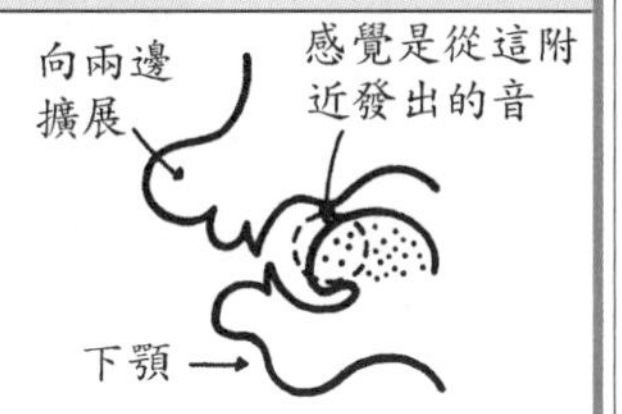

Gutsy Brian

Geoff(G) is surprised at Brian's (B) lack of fear of the school bully...

G: **Wow**! You really **gave** him **what for**. I'd never **have the guts** to **stand up to** him like that.

B: Well, he's always **picking on** people and **showing off**. Someone had to **put** him **in his place**.

G: Yeah, but usually he just **beats up** anyone who tries to do that.

B: Well, he **met his match** today, didn't he?
G: He sure did. Everyone is really going to **look up to** you from now on.

字彙 & 片語

● be surprised at：吃驚 ● lack：欠缺 ● fear：驚恐 ● bully：惡霸 ● have to：必須 ● usually：通常 ● try：試 ● from now on：從現在起

見義勇為的布萊恩

傑夫對布萊恩不畏懼學校惡霸的行為感到訝異……

傑夫：哇！你真的好好地教訓了他一頓！我壓根都沒有想過敢如此對他。
布萊恩：是啊！要不然他老是炫耀他很會欺負人。總得有人給他點下馬威瞧瞧。
傑夫：話是沒錯，可是每次只要有人想要教訓他，他總是用暴力來反擊。
布萊恩：哦，是嗎？那他今天可是遇到剋星囉！
傑夫：是啊！我想從今天起每個人都會很崇拜你的。

日常慣用語

Wow!	哇！表驚訝或讚賞時用。
I **gave** him **what for**.	我給了他點顏色瞧瞧。
He **had guts** to do that.	他有勇氣做。
Somebody has to **put** him **in his place**.	必須有人給他來個下馬威。
I've never **met my match**.	我從未遇到過對手。

補充說明

Stand up to...

❶ give what for: punish severely (physically or verbally)，口頭或身體上的嚴厲處罰。

❷ guts: 面對困難時的堅強意志及勇氣。也可說成 be gutsy。

❸ put in his place: 讓知道厲害。

❹ meet 's match: meet of equal or greater ability。指「遇到棋逢對手或更厲害的人」，另外也可用 be no match for/not good enough. Date is no match for Graf these days.

動詞片語

▼stand up to	面對
▼pick on	欺負
▼show off	炫耀
▼beat up	施展暴力
▼look up to	尊敬

He **stood up to** all the pressure.	他勇於承受所有的挑戰。
Why are you always **picking on** me?	你為什麼總是要欺負我?
He is just **showing off** in front of his girl friend.	他只是在他女朋友面前炫耀。
He was **beaten up** by a gang of soccer hooligans.	他被一群不良少年欺負。
Look up to your elders.	要尊敬長輩。

補充說明

❶ stand up to: resist bravely

❷ pick on: single out a person or group for harassment

❸ show off: try to impress people. 為使自己成為別人注目的焦點、讓人讚賞的舉動。一直 show off 的人也可稱作 a show-off。

❹ beat up: assault violently

❺ look up to: respect

注意 "Balls"

balls原本的意思為「睪丸」，這裡引申為勇氣、精力。範例中的句子改說成:

I'd never have the balls to stand up to him.

也是同樣的意思。另外就像你所看到的，通常都用於否定句，指沒有勇氣或沒膽量的人。

I don't have the balls to try bungee jumping.

（我沒勇氣試高空彈跳）

形容詞用法 ballsy 也與 gutsy/courageous 意思相同。

下列另外兩種用法也常被使用:

- **have by the balls**: 控制
- **Balls!**: 表厭惡、灰心、不信任

Balls! Why does it happen to me?

它可不是 Balls。

小心點用哦……

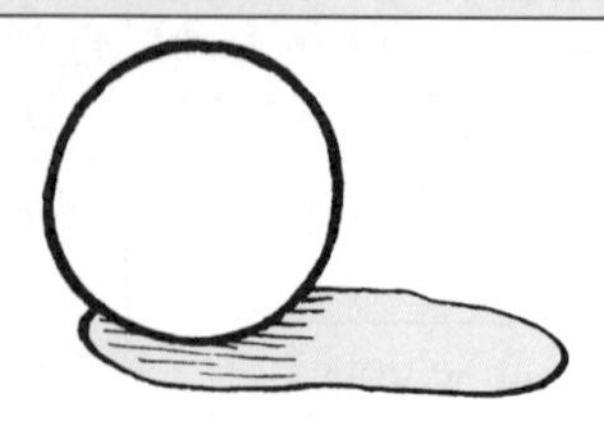

COMMANDMENT 4

SEIZE THE CHANCE!

Be on the look out for any chances to meet and speak with native speakers. On the street, on the train, in a restaurant, at a tourist spot... anywhere!

【大意】：請抓住每一次可以和外國人對話的機會：街上、車上、餐廳內、旅遊地……，哪裡都可以，只要能開口說話就好。

COMMANDMENT 5

JUST *SAY IT!*

Many students hesitate to speak because they're worried about their pronunciation. DON'T BE WORRIED!! It's almost impossible to have perfect native speaker pronunciation. Native speakers don't expect you to have it; they are happy to hear your English.

【大意】: 很多學生都因為害怕自己的發音不好，所以不敢開口說英語。請各位千萬別再這麼在意了，因為我們本來就不可能會說得和外國人一模一樣，而且他們也不認為我們「外國人」可以說得和他們一樣。不管我們的發音多奇怪，只要能和他們用英語溝通，他們就已經很高興了。況且全世界的英語「方言」何其多，我們說的英語只是其中之一罷了。

COMMANDMENT 6

ASK FOR
FEEDBACK!

When you don't understand or hear something well, get feedback. Use expressions such as: "I'm sorry, I didn't catch that."/"Sorry, could you repeat that, please?"/"What does... mean?" This is much better than remaining silent or pretending that you do understand.

【大意】：若是碰到聽不懂、不了解的地方，請各位務必要再詳細地問清楚。 I'm sorry, I didn't catch that./Sorry, could you repeat that, please?/What does... mean? 等，都可以說。我們通常都不太好意思開口反問，總是沈默地、假裝懂了的樣子，這樣是不行的，一定要問清楚。

第IV章

其他種種

§ 1 緔緊發聲

本章節是將前幾章節未提及的發音要訣一併在此說明。首先我們要講的是「長母音」。

英語中有幾個長母音，雖然字典上都標明著 “iː” 的記號，表示要拉長發音，但與其說是拉長，倒不如說應該是「緊緔」著發音。

讓我們先來看 feel－fill 這兩個字。你將會發現 feel 中的 “iː”，嘴唇要來得寬、扁，舌頭也較緊緔地弓上；相對地 fill 的 “i”，嘴唇就沒有那麼寬、扁，而且舌頭位置也比較低。

原則 6　長音要緊緔發出

❶ **feel ☞ fil**（緊緔的 “i”）

❷ **fill ☞ fɪl**（放鬆的 “ɪ”）

現在請大家練習看看吧！只要能順利地唸出「放鬆音」，應該就可以唸得更像英語了。下圖中左邊為「緊緔音」，右邊為「放鬆音」。

❶ scene ☞ sin　　❷ keen ☞ kin

❸ peace ☞ piss　　❹ beat ☞ bit

❺ peal ☞ pill　　❻ feet ☞ fit

❼ fool ☞ full　　❽ pool ☞ pull

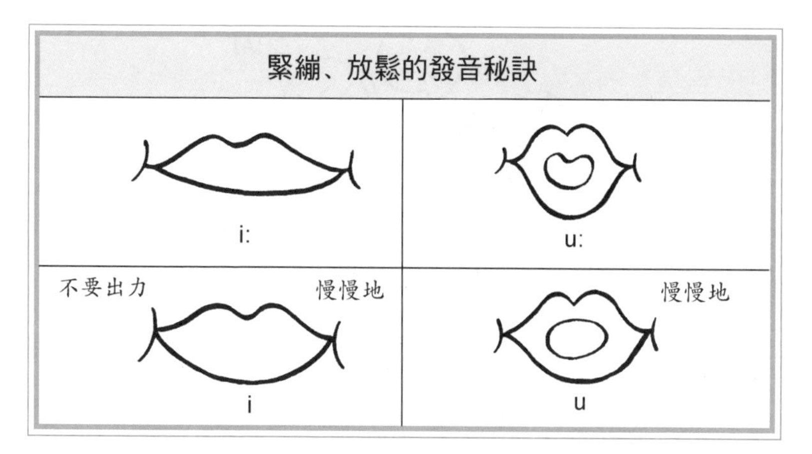

A NEW HOBBY

Tina(T) **helps out** her bored friend, Kent(K)...

K: I must **take up** something new.

T: Well, have you ever tried wind surfing? It's a real **buzz.**

K: No. It looks difficult, but I'll **have a crack at** it.

T: You **catch on** quickly so I'm sure you'll **get the hang of** it **in no time**. I'll **set** it **up** for this weekend. OK?

K: Fine. Will there be any nice girls to **chat up**?

T: Ha! Ha! You have a **one-track mind**!

字彙 & 片語

● bored：無聊的　● looks＋形容詞：看/想起來像～　● be sure：確信

新嗜好

提娜正準備幫助一個覺得無聊的朋友肯特……

肯特：我應該要開始做些什麼事才行。

提娜：你有沒有試過玩玩風浪板？那真是刺激！

肯特：沒有，我覺得那玩意兒很困難，但我想應該可以試試看。

提娜：你只要儘快抓到訣竅，我包你馬上就可以玩得很好。我打算這個週末去，怎麼樣？

肯特：好啊！那裡有沒有什麼美女可以搭訕啊？

提娜：哈哈！你腦袋裡就只會裝這個！

日常慣用語

Bungee-jumping gives me a real **buzz**.	高空彈跳真是太有趣了。
Will you **have a crack at** solving this problem for me?	你能試著幫我解決這個問題嗎？
It's useless. I'll never **get the hang of** this.	那是沒用的。我不會有機會搞懂它的。

If we work together we'll have this job done **in no time**.	如果我們一起做，很快就可以把工作做完。
Can't you talk about anything else? You've got a **one-track mind**!	你就不能談談別的嗎？滿腦子淨想著這個。

補充說明

❶ buzz: a thrill/exciting pleasure（刺激的樂趣）。

❷ have a crack at: try.

❸ get the hang of: master the skills needed to do（很懂得技巧/用法/訣竅）。

❹ in no time: really quickly（很快速地）。

❺ one-track mind: 只想著一件事情。

動詞片語

▼help out　幫助
▼take up　開始
▼catch on　了解
▼set up　計畫、準備
▼chat up　搭訕

It was great to see so many people **helping out** in Kobe.	在神戶看到有那麼多的人伸出援手，真是太好了。
I think I'll **take up** "Aikido" when I live in Japan.	我打算到日本住以後開始學合氣道。
She **caught on** to the new system really quickly.	她很快便摸清了新系統的竅門。

Everything is **set up** for our next meeting.	下次開會的資料全都準備好了。
He's always **chatting up** the girls.	他總是向女孩子搭訕。

補充說明

❶ help out：意思雖同 help，但 help out 另含有「緊急救援」的意思。

❷ take up：指 start a new activity, hobby...

❸ catch on：understand

❹ set up：arrange, organize...

❺ chat up：不單指搭訕，也有 seduce with words（以言語來挑逗）的意思。

注意 "Shit"

Shit 原意指「糞便」，但現在很常被拿來當作罵人的話。

以下為表達各種情緒的用法：

Oh, shit, I forgot my keys.

（他媽的，我忘了鑰匙）

侮辱的講法：

I don't take shit from anybody: I don't allow anybody to boss me around.

（我不會讓任何人指使我做事）

惡劣的講法：

This coffee-maker is shit.

（這臺咖啡機真他媽的爛）

其他的用法尚有：

- **be in deep shit**: （被捲進嚴重的麻煩中）
- **give a shit**: care （掛心 /擔心）
- **scared shitless**: 相當恐怖
- **The shit will hit the fan**: Trouble will break out （麻煩來了）

§2 字尾輕唸的子音

回想作者在國中教書時，曾為了要讓學生能確實地區分 dogs 的 "s" 和 caps 的 "z" 兩者之間的不同，而努力地將音發出來，但每次聽錄音帶時，卻又覺得它們的發音並沒有那麼明顯的差別。

不知各位在唸每個單字最後一個子音時，是否都發得很清楚，例如: it "i to"， his "hi s"， cap "ka pu"， take "te ku"， knife "nai hu" 等。如果有人用力地發出最後一個音而依然可以流暢地說英文，那他肯定不是人，而是「妖怪」。以下第 7 個原則就是我們為那些「妖怪」所準備的。

原則 7　字尾的子音發音要輕，或是只做出口形，但不出聲

it, take, cap ☞ it, take, cap

唸 t, k, p 時，要比平常唸單音時更輕，似有若無的感覺。

如果從自然發音道理的角度來考量的話，你會發現這原則是再正確不過的了。所以各位千萬不要擔心如果不清楚地唸出字尾的話，對方會聽不清楚。現在就請各位練習一下。

❶ put, cook, tap ☞ put, cook, tap

❷ would, dog, cab ☞ would, dog, cab

❸ good, bag, tab ☞ good, bag, tab

❹ five, improve ☞ five, improve

❺ dogs, his ☞ dogs, his

- 唸❹、❺時沒有必要太用力，輕輕地發出摩擦音即可。
- 當然啦，若是字尾音和其下一單字字首互為連音的話，那又另當別論了。

❻ Tape it. ☞ tap- i t

I found a cap. ☞ a cap

❼ I stab a man. ☞ stab-a man

Wash in the tub ☞ in the tub

是不是覺得很簡單呢？只要稍微注意一下，相信各位應該都可以做得很好。

m/n 的發音秘訣

m 和 n 都是從鼻子發出的音。基本上發 m音時，嘴唇要完全緊閉，而 n 則是嘴唇要打開，接著再從鼻子發出音來。耶？你問我「要是鼻子不通怎麼辦？」這……這……作者可就不知道了。

A GOOD LIAR!

Jim(J) didn't show up for this date with Sharon(S) on Sunday. The next day, at college, Sharon is complaining about this to her friend, Ann(A), when Jim appears...

S: And where were you yesterday? I waited outside the movie theater for over an hour but you didn't **show up**.

J: Oh...h...h..., hi, Sharon! Look, I'm really sorry about yesterday, but **it wasn't my fault**. My car broke down. I

had a terrible time.
S: **Rubbish**!! You were probably dating with some other girl!
J: No way! **Honest**!
S: You **stood** me **up** and it's not the first time.
J: Look, I said I was sorry, OK? And I'll **make up** for it. I promise.
A: Ha! How can you **put up with** him, Sharon?

字彙 & 片語

● date: 約會 ● complain: 抱怨 ● appear: 出現 ● outside: 在～外面 ● movie theater: 電影院 ● fault: 錯誤 / 過失 ● break down: 壞掉 ● terrible: 糟糕 ● probably: 或許 ● honest: 誠實 ● promise: 允諾

大騙子!
星期天, 吉米並沒有依約前往與莎朗約會的地方。隔天, 當莎朗在學校向她的朋友安抱怨這事時, 吉米剛好出現……
莎朗: 你昨天去哪裡了? 我昨天在戲院門口外等了一個多小時都等不到你。
吉米: 喔……嗯……嗯……, 嗨, 莎朗! 昨天真是抱歉, 但那真的不是我的錯, 我的車子壞了, 當時真慘哪!
莎朗: 胡扯! 我看你八成跟其他女孩約會去了。
吉米: 沒有! 真的! 。
莎朗: 反正你又不是第一次放我鴿子。
吉米: 好了啦! 我剛才不是已經向你道過歉了嗎? 我答應下次一定會補償你的。
安: 哈, 莎朗, 你怎麼能忍受跟這種人在一起?

日常慣用語

That's not true. He is a **liar**.	他是個騙子。
It's not **my fault**!	那不是我的錯。
I **had a terrible time**.	當時真是糟糕透了。
Rubbish!	胡扯！
Honest!	真的！

補充說明

❶ 通常都用 it's ~'s fault 這種句型。

❷ have a terrible time: 與 have a good time（高興）等表現方式一樣

❸ Rubbish!: 含有「模稜兩可」、「不對」、「胡說」的意思。也可以說成 Don't talk rubbish!

❹ Honest!: 不是指 I'm honest，而是說 Believe me!

動詞片語

▼ show up　出現、現身

▼ turn up　出現、發生

▼ stand ~ up　爽約

▼ make up　補償

▼ put up with　忍受

He hasn't **shown up** yet.	他到現在都還沒來。
What time did she eventually **turn up**?	她最後有沒有出現？
I was **stood up**.	我被放鴿子了。
I'll **make up for** it.	我會補償的。
No one should **put up with** sexual harrassment.	沒有人能夠忍受性騷擾。

補充說明

❶ show up：appear/come

❷ stand ☺ up: fail to keep an appointment（爽約），常用於約會場合，以過去式及被動式形態出現。

I was stood up····

❸ make up：compensate for a mistake or loss（彌補錯誤或損失） make it up to ☺（補償 ☺）：常以 make up for it 的形態出現。另外也有下列 make up 的用法。Soon after our argument, I made up with my wife.（吵完架後馬上又和好了 ☞ 有 become friends again 的味道） It's not true. I just made it up.（騙人！我才剛完成 ☞ 有 invent 的意思）

❹ put up with：tolerate/endure

注意 "Bullshit"

Bullshit表「胡扯」、「騙人」的意思。在上例中，Sharon 也可用 Bullshit 來代替 Rubbish!，意思不變。bull 原指公牛，shit 原指糞便，所以可想而知 bullshit 並不是多高雅的單字。但由於愈來愈常被使用，所以也就沒有這麼令人不悅的感覺了。其中有些人將 shit 拿掉，單講 bull 一個字。

有時 bull 也被拿來稱讚人用：
He's great at bullshitting.
（他的說謊工夫一流）

另外也可說成 bullshit artist。自古至今，似乎要能隨機應變、說東道西，這才是歷久彌堅的處事之道吧！

我以前是偶
像派的哦！
Bullshit!

§3 捨棄多餘的音

英語的尾音經常有很多單字是以子音 + 子音的情況出現。如:

structure

我們可能會唸做 "s to ra ku cha–", 聽起來不太像英語。追究原因就在於母音的問題, s 和 t 之間應該不可以有母音 "u" 的出現。所以本單元就是要教各位如何捨棄多餘的母音。剛開始練習時可能會覺得很難, 但練習多了你就不會覺得有什麼大問題了。子音最多只有三個相連。

原則 8 子音與子音間不要有母音作連結音

true ≠ trour

以下我們就趕快來練習看看。

true tree try trip trust...

- t 和 r 之間不可有 "u" 的音存在。 t 為鼻息音, 之後緊接著發 r 音, t 和 r 要一口氣一次唸出。

fry free freeze friend Friday freshman

- 請注意 freshman 這個字, 有沒有人在 sh 和 m 加唸了 "u" 這個母音啊? 要小心哦!

dream drop drive draw dry drug

- 基本上和 t 的發音要領相同。唸到此, 想必各位也差不多習慣了吧！讓我們再多練習一些不同的發音組合，記住，「不要加入母音」哦！

three throw thrill blue black sleep slow climb clip glee glass plea picture itself agree silver advantage response spoon fifth width roads sides(de的s要唸作“z”) cats world fills gift lift first best little cradle asked kicked street strong splash spring screw

ng 的發音秘訣

雖說 l 和 r 都是很難唸的音，但 -ng 又何嘗不是呢？除非在很特殊的場合，否則我們很少有機會聽到歐美人把 king 唸作 “ki n gu”的。最後的 “gu” 音是鼻息音，請參照圖示。

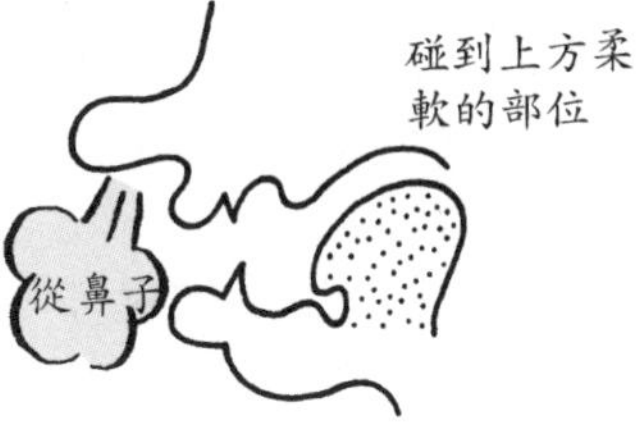

OLD FRIENDS

Rick(R) and Steve(S) decided to help an old friend...

R: I **bumped into** Bob Stewart yesterday.

S: **Goodness!** I haven't seen him **for ages**.

R: Me neither. Anyway, he's just **split up** with his wife and it's really **got to** him.

S: Poor guy. Hey, how about **taking** him **out** on Saturday night?

R: Great idea! And we can **catch up** on **old times** too.

S: Let's go to "Rio's". That's **all the rage** at the moment.
R: **Sounds good** to me.

字彙 & 片語

● neither: ～也，用於否定句 ● anyway: 無論如何 ● guy: 傢伙、小子 ● at the moment: 現在

老朋友

李克和史蒂夫決定要幫他們的老朋友的忙……

李克：我昨天突然遇到史都華。

史蒂夫：天哪！我已經好久沒有見到他了。

李克：我也是啊！他剛和老婆分手，現在正難過著呢！

史蒂夫：唉！真是可憐的傢伙。我們星期六晚上帶他出去散心，怎麼樣？

李克：好啊！而且我們還可以聊聊以前的往事。

史蒂夫：那我們就去"Rio's"吧！現在大家都流行去那裡。

李克：好哇！

日常慣用語

Goodness!	天哪！
We've lived here **for ages**.	我們住在這裡好久了。
We can catch up on **old times**.	我們可以回憶往事。
Wearing old, worn-out jeans is **all the rage** at the moment.	現在正流行穿舊衣服、破牛仔褲。
Sounds good.	好哇！

補充說明

❶ Goodness: 表驚訝的讚嘆詞, 和 God 發音相近, 所以可以交替使用。 Oh, my goodness, is that the time? I have to run.
（啊! 時間已經到了嗎‧‧‧‧‧‧）

❷ for ages: a long time

❸ old times: 是「彼此共同的往事及回憶」。
It's great being here again with you guys – just like old times.
（能和各位在此再相聚真是太好了, 就像回到從前一樣）

❹ all the rage: very popular

❺ Sounds good: sound 指 seem, 常與各類形容詞共用 (crazy, interesting... 等)。

動詞片語

▼bump into　偶遇
▼split up　分手
▼get to 🙄　令人苦惱
▼take out　帶出去
▼catch up　憶及、追上

I **bumped into** my teacher in SOGO yesterday.	我昨天碰巧在 SOGO 遇到老師。
Did you hear that John and Mary have **split up**?	你聽說約翰和瑪麗分手了嗎?
The noise outside is starting to **get to** me.	外面的噪音弄得我好煩。
I'm **taking** Julie **out** tonight.	我今晚帶朱莉出去。
You're behind with your work. You must **catch up** as soon as possible.	你工作進度落後了, 必須加快腳步才行。

補充說明

❶ bump into: meet by chance.

❷ split up: separate/end a relationship（結束關係）。

❸ get to : affect emotionally（精神層面的影響），與 disturb, bother 同義。

❹ take out: go to a pub, restaurant, etc. with /go on a date

❺ catch up: get up to date with news, work, etc...

注意 “Damn”

Damn! (damned) 通常表示煩躁 (irritation)、驚訝 (surprise)、失望 (disappointment) 等意思。和 fuck、 shit 的意思差不多，但是語氣比這兩者溫和 (mild) 多了。

This damn(ed) machine is driving me mad!

（這臺爛機器真要把我逼瘋了）

除了可代替 Goodness! 以外，也可說成 Well, I'll be damned!

● **I couldn't give a damn.**

通常表示「我不在意」 (I don't care)。

● **God-damn it!**

通常放在最後，用來強調心情焦躁。

I told you to com here, God-damn it!

（我不是叫你來這裡嗎，該死的！）

§4 弱音＋連音

終於到了第IV章的最後一節了。在我們繼續學新的原則之前，先讓我們複習一下前面II、III、IV章的內容。

現在各位的腦中，應該都記住了「連音」、「弱音」以及其他一些原則了吧！在這裡希望大家要注意的是，在一個句子中遇到的所有原則都應該要一起使用，而不是單單運用一項。現在就讓我們來練習下面的句子。

John and Mary were dancing in the room.

各位，你們應該不會再犯「一個單字一個單字分開來唸」以及「強弱不分」這些錯誤，而可以唸到一定的速度了吧?! 如果你可以再將下面的例句完美地唸出來，那你就可以自信滿滿地繼續唸下一章節了！

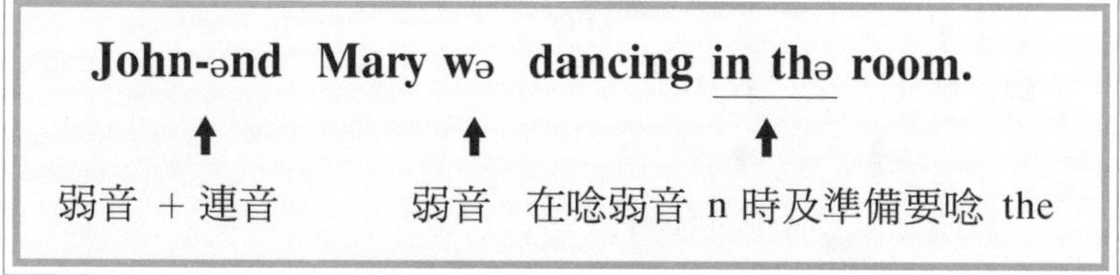

來，讓我們一面回想前面所學的原則，一面大聲地唸出聲來吧！

❶ But I have to read a book.

❷ When I was young, I used to play it.

❸ Will you fill it?

❹ Would you like some coffee?

❺ Is it true?

各位能照著下面的方式唸出嗎?

❶**But-I haf tə read-ə book.**

↑ 連音　↑ 唸輕音 f　↑ 輕連音　↑ 尾音要輕

❷ **When-I wəs young, I used-tə play it.**

↑ 連音　↑ 弱音　↑ 輕帶過 d　↑ 放輕

❸**Will-yə fill-it?**

↑ 放鬆　↑ 放鬆(這裡的 i 幾乎是輕聲帶過)

❹**Would yə like səme coffee?**

↑ [dyu]　↑ 弱音

❺ **Is-it true?**

↑ 只唸一次　↑ 不要有母音

如何?是不是和想像的差不多?我們把所有學過的原則再複習一遍。

❶ 子音 + 母音的連音唸法	❺ 母音要唸得像 "ə"
❷ 同音、相似音的重疊	❻ 長音要緊繃發出
❸ 與鄰近音的相互影響	❼ 字尾的子音發音要輕
❹ 無重要意思的單字為弱音	❽ 子音與子音間不要有母音作連結音

LOVESICK!

Kent(K) just can't understand his friend Tom(T)...

T: I really **fancy** Nancy, you know.

K: So you **keep on** telling me, but why do you always **put off** asking her for a date?

T: (Angrily) She's my **mate's** girlfriend, **for God's sake**!

K: OK. **Calm down**! Look, she might **break up** with him soon and then you'll get your chance.

T: Mmm... She'd probably **turn** me **down** if I asked her anyway.

K: Unbelievable! You always **look on the dark side**.

字彙 & 片語

- probably: 或許
- unbelievable: 不可思議
- anyway: 無論如何

相思病!

肯特始終搞不懂他的朋友湯姆……

湯姆: 你知道嗎? 我真的好喜歡南茜。

肯特: 你只會在這裡一直說給我聽, 為什麼不主動去約她呢?

湯姆: (氣憤地) 天哪! 她可是我好朋友的女朋友耶!

肯特: 好吧! 冷靜一點。想想, 或許她很快就會和你朋友分手, 然後你就有機會啦!

湯姆: 嗯……但是如果我追她, 也許她會拒絕我。

肯特: 真是的, 你怎麼淨往壞處想呢?

日常慣用語

She can't concentrate on anything. She's **lovesick**!	她的意志力根本無法集中，因為她在害相思啦！
Do you **fancy** a beer?	你想喝啤酒嗎？
He's gone to the pub with his **mates**.	他和朋友一起去 pub。
Will you hurry up, **for God's sake**?	看在老天爺的份上，你能不能快一點？
Look on the bright side.	想開點！

補充說明

❶ lovesick: 因愛慕某人而無精打采。

❷ fancy: like/want（通常表示「喜歡」異性伴侶），I really fancy that girl.

❸ mate: close friend（好朋友）。

❹ for God's sake: 表 impatience（煩躁沒耐心）和 disbelief（不信任）。

❺ look on the bright/dark side: be optimistic（樂觀）/pessimistic（悲觀）。Stop looking on the dark side.（不要往壞的方面想）

動詞片語

▼keep on	繼續
▼put off	延期
▼calm down	冷靜
▼break up	分手
▼turn down	拒絕

If you **keep on** studying like that, you'll pass the test easily.	如果你繼續像現在這樣用功唸書，一定可以很容易地通過考試的。
Don't **put off** till tomorrow what you can do today.	今日事，今日畢。
I tried to **calm** him **down** but it's no use.	我沒法讓他冷靜下來。
Why do so many couples **break up** these days?	為什麼最近有這麼多情侶分手呢？
She **turned down** the job.	她拒絕了這份工作。

補充說明

❶ keep on: continue

❷ put off: postpone, delay until later, put off 也有 discourage（使沮喪）或 dissuade（勸阻）的意思。

❸ calm down: make or become less tense or agitated（從緊張、興奮的狀態中解脫）。

❹ break up: separate/end a relationship (可參照 split up)。

❺ turn down: reject (an offer or proposal)

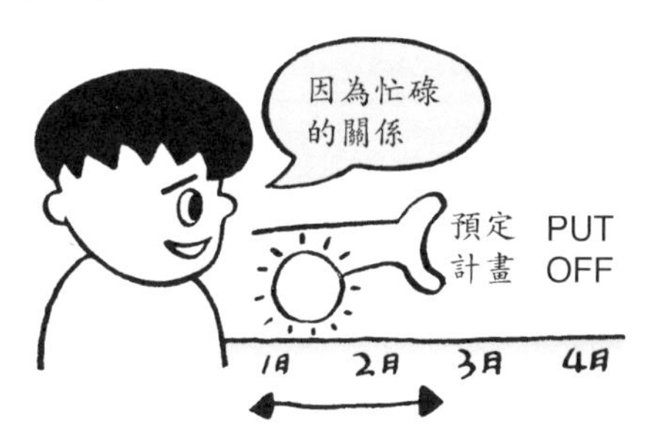

注意 "Fuck"❷

在此我們將介紹 fuck 其他不同的用法。

- **give a fuck**: care
  I couldn't give a fuck.
  （我不介意）
- **fuck with**: try to cheat or provoke（試圖欺騙、激怒他人）
  Don't fuck with me!
  （別惹毛我了）
- **fuck up**: fail/ do a bad job
  You fucked up.
  （你把事情搞砸了）
- **mother-fucker**: 罵自己厭惡至極的人
- **fucked**: ruined（破壞 /終結）
  We're fucked now.
  （我們完蛋了！）

最近很多人將 fucking, bloody 加入單字中，成為一種口頭禪。例如：

un-fucking-believable (unbelievable)

im-fucking-possible (impossible)

等等。很有趣吧?!

COMMANDMENT 7

LISTEN FOR
KEYWORDS!

You can't expect to understand every word, but many students SWITCH OFF or GIVE UP as soon as they can't understand a word! Try to relax and FOCUS on words you DO understand. Concentrate on these and see if, together, they give you enough information to understand the overall message. You'll be surprised how often this is the case.

【大意】：要完全了解對方所講的每一個字不是那麼容易的，而且也沒有必要。但大部份的學生，只要遇到一個字不懂，就全盤放棄，那真的是相當可惜的事。其實只要放鬆心情，將注意力集中在聽得懂的字上，再稍微排列組合一下，十之八九都可以了解對方的意思。成功率相當高喔，不妨試試看！

COMMANDMENT 8

FIGHT

Learning a language is a SLOW process so it's easy to get discouraged and frustrated and want to give up. Keep going!

【大意】：學語言不是一兩天的事，非得經過一段時間才能稍見成效，所以很容易讓人感到失望與挫折。但還是要請你咬緊牙根，繼續戰鬥下去吧！

COMMANDMENT 9

DON'T BE A
FLUENT FOOL!

A person who can speak well but has no idea about the target language culture makes terrible cultural mistakes, far worse than linguistic mistakes. It's A BIG MISTAKE to separate language from culture.

【大意】：別只一味強調流暢，忽略了語言的文化背景，因而犯下了重大的錯誤，讓人貽笑大方。記住，學語言絕對有比「流暢」更重要的東西要學，千萬別背離了語言背後所蘊藏的精神哦！

音調的抑揚頓挫

§1 音調的高低起伏

從本章節開始，我們將不再提一個一個的單字，而是將重點放在一整句話上。就算你可以將個別的音發得很漂亮，但光是如此仍然不能說得像外國人一樣好。為什麼呢？原因就在於文句的抑揚頓挫上。

音調高低起伏並不是英語的專利。例如「你在說什麼啊？」，如果是一句單純的問句，那麼最後的音調就要上揚;但如果有責備對方的意思，那麼語尾就會下降。不管是哪一種語言，都要靠這些抑揚頓挫來傳達說話者的意思（單純敘述、問句、親密話語、輕視用語等）。現在就讓我們學習將音調高低起伏中蹲馬步的工夫練得更紮實些。

原則 9　基本的起伏高低音

基本語❶　平述句語尾音調下降

John is drinking ↓.

It doesn’t matter ↓.

基本語❷　疑問句語尾音調上升

Do you like it ↑?

Is he cute ↑?

基本語❸　wh-問句語尾音調下降

What do you like ↓?

How are you ↓?

基本語❹　反問句語尾音調上升

What did you say ↑?（耶？你說什麼？）

"John failed the exam." "Who ↑?"（John...誰？）

基本語❺　稱呼語

John ↑, do it carefully.

基本語❻　列舉

Spring ↑, summer ↑, fall ↑ and winter ↓.

One ↑, two ↑, three ↑ and four↓.

沒想到語調的起伏在實際的會話中是那麼的重要吧！只要將語尾音調提高，那麼 You like it? 便可以取代 Do you like it? 而變成疑問句。你甚至可以說得更誇張一點，讓你的英語聽起來更活。在下一章節中，我們再繼續介紹一些更複雜的用法。

"θ" / "ð" 的發音秘訣

"θ" 為氣音，"ð"為濁音。初學者只要將舌頭從發 "θ" 的位置往後移一點，或許便可發出 "ð" 的音。記住哦！要用上齒壓住舌頭，再用力地擠出氣來。如果聽出有摩擦音，那你就及格了。但小心點別把舌頭咬壞了哦！保命要緊。剛開始說不好是正常的，別太擔心。

OUT OF A JOB

Kevin(K) is angry because he's just lost his job, but his friend Richard(R) tries to encourage him...

K: **Unbelievable!** The boss has just **laid** me **off**. **What a jerk!**

R: **Come off it**! It's not his fault there's not enough work.

K: I know, but why me?

R: Because you **goof around** too much, that's why.

K: No more than anyone else. Anyway, how am I going to **get by on the dole**, with a wife and 2 kids to **look after**?

R: Hey, **cheer up**. There are other jobs around. Things will **work out**, you'll see.

字彙 & 片語

● encourage: 鼓勵 ● fault: 錯誤/失敗 ● enough: 足夠 ● too much: 過多 ● That's why.: 這就是原因所在 ● kid: 小孩 ● job: 工作

失業

凱文丟了工作，現在正在氣頭上，他朋友理查試圖替他打氣……

凱文：真令人難以相信，我老闆竟然叫我暫時休息一陣子，真是混帳！

理查：好啦！這也不是他的錯，畢竟沒有那麼多工作可以做嘛！

凱文：這我也知道，但為什麼偏偏是我呢？

理查：因為你蹺班蹺最多啊！

凱文：再多也不會比其他的人多。不管這個啦！我現在失業了，怎麼養老婆和兩個小孩？

理查：嘿！振作點！到處都有工作機會，問題總是會解決的，別擔心了！

日常慣用語

Unbelievable!	真令人難以相信！
What a jerk!	混帳！
Come off it!	別再說傻話了！
Stop **goofing around**.	別再混了！
He's been **on the dole**.	他暫時失去了工作。

補充說明

❶ jerk: fool/obnoxious person（笨蛋/可恨的傢伙）。

❷ Come off it: stop talking or behaving like that（別再說傻話、做傻事）。

❸ goof around: 不做正事，只會浪費時間。

❹ on the dole: out of work（失業中）。

動詞片語

- ▼lay off　暫時解雇
- ▼get by　撐下去
- ▼look after　照顧
- ▼cheer up　振作
- ▼work out　解決（問題）

Another 100 employees were **laid off** today.	今天又有 100名員工被臨時解雇。
Business is very bad but we'll **get by** somehow.	生意很差，但我們還是要撐下去。

I'll **look after** your cat while you are away.	你不在的時候我會照顧你的貓。
You need **cheering up**; let's go out tonight.	你需要提振精神，今晚我們出去走走吧！
I can't **work out** why she left me.	我不了解她為什麼離開我。

補充說明

❶ lay off: 暫時解雇（因無工作做）。

❷ get by: manage to survive （設法支撐）。

❸ look after: 和 take care of 同義。

❹ cheer up: become (make) happy

❺ work out: find a solution/understand （尋求解決的辦法）。
The beatles 有一首歌就叫作 "We Can Work It Out".

注意 "Fart"

fart 是 break wind （放屁）的意思，字意相當不雅。「屁」原本就是廢物，顧名思義 fart 所表示的意思也不甚好。

- **fart around:** 放著正經事不做，淨浪費時間 (=goof around)
  Stop farting around or we'll never get the job done.
  （別再打混了！不然我們永遠也做不完。）
- **not give a fart:** 「不在意、不予評論」
  I don't give a fart about what you think.
  （我並不在意你在想什麼。）
- **isn't worth a fart:** worthless （沒價值）
  Her opinion isn't worth a fart.

人要有意義地活
著，而不是像甲
蟲一樣哦！
Not worth a fart.

§2 段落的停頓

我們唸文章的時候不能沒有間斷而一路唸到底，唸英語也是一樣的，到了一定的地方也需要停頓。至於說要在何處停頓，就有一定的道理可循，如果隨便停頓，聽者可能就很難確實了解說話者的意思。本章節就是要讓各位學習如何善用語句段落。

要區分一個段落，會因說話的速度、當時的情況、說話者的個性等等而有所不同，所以雖然有原則可循，但卻也沒嚴格到非得照著做不可，各位還是可以加以活用的。但有一個大方向是一定要遵守的，那就是:

原則 10　以語意來區分段落

在書寫時，基本上都是以「逗點」的所在位置作為一個段落。下列我們歸納出一些具代表性的典型句子。但請各位要注意，千萬不要用死背的哦！只要能了解句子的意思，就可以區分得出來的。

❶ 呼叫（◆為停頓段落的標記）

Mary ◆ go and get it.

Now everybody ◆ listen to me carefully.

❷ 長主詞

All we can do ◆ is to wait.

A lady with long hair ◆ spoke to me.

❸ 前後相連貫的句子（除了 and, so, then等短的字以外）

Moreover ◆ he has a sense of humor.

All the same ◆ we carry on our business.

(On the other hand, In the first place, Altogether, Instead,...)

❹ 修飾用語

From my personal view ◆ this can't be true.

Frankly ◆ he is a goddam asshole.

Fortunately ◆ nothing has happened.

(Perhaps, In essence, Judging from my own experience,...)

❺ 刻意置於語首的句子（恢復原句型時就不能停頓）

At the moment ◆ we can't work it out.

(We can't work it out at the moment.)

After his death ◆ I feel empty.

(I feel empty after his death.)

Never ◆ have I been there.

(I have never been there.)

❻ 插入句（將句子插入基本句型內）

Sam ◆ who was my best friend ◆ passed away last month.

Many people ◆ including me ◆ were against the plan.

Mr. McVay ◆ the best teacher in our college ◆ wrote this book.

❼ 列舉

I came ◆ I saw ◆ I conquered.

MOVING HOUSE

Jane(J) is telling her friend Paula(P) about her apartment-hunting...

J: I went to **check out** a new apartment yesterday.

P: What **was** it **like**?

J: It was great. It's old but the landlord has **done** it **up** beautifully.

P: So are you going to take it?

J: Well, the rent's a bit high so I'm still **thinking** it **over**.

P: If you **gave up** smoking you would be able to afford it!

J: Oh, **give it a rest**, will you?

P: **Only joking**!

J: Anyway, I'm sure I can **get round** any problems.

P: Will you have a **housewarming** party?

J: **You bet**!

字彙 & 片語

● apartment: 公寓 ● landlord: 房東 ● rent: 租金 ● a bit: 稍微 ● smoke: 抽煙 ● afford: 有能力、金錢可以做～ ● problem:

問題

搬家

珍正和她朋友寶拉談到找房子的事情……

珍：我昨天去看了一間新公寓。

寶拉：如何？

珍：很棒。雖然是舊公寓，但房東把它裝潢得很好。

寶拉：那你打算要租下來了嗎？

珍：嗯，我還在考慮，因為租金高了點。

寶拉：如果你戒煙，我想你就付得起租金了。

珍：哦！你能不能不要提這個？

寶拉：我只是開玩笑罷了！

珍：不管怎麼樣，我想我一定可以解決的。

寶拉：你打算要辦個喬遷之喜的派對嗎？

珍：那當然囉！

日常慣用語

What **are** the teachers **like** in your school?	你們學校的老師如何？
Give it a rest, OK?	你能不能停一停？
Only joking–I didn't mean it.	只是開玩笑罷了！我不是認真的。
Hey, I've just moved. Will you come to my **housewarming**?	嘿，我剛搬家了，你要不要來參加我的喬遷派對啊？
Do you want a beer? **You bet**!	你想喝啤酒嗎？當然好啊！

補充說明

❶ be like: 像～。

❷ give it a rest: 使對方停止讓人不高興的言語（行動）。例如： Give it a rest, OK? We've had enough of your complaining. （你能不能停一停？我們已經聽夠你的抱怨了。）

❸ housewarming: a party to celebrate moving into a new home.

❹ You bet!: Sure/Of course 的意思。

動詞片語

▼check out 檢查、察看
▼do up 修繕、裝飾外觀
▼think over 考慮
▼give up 放棄
▼get round 解決、逃避（問題）

Check out the guy over there. Isn't he cute?	看看那邊那個小伙子，他是不是很可愛啊？
The room looks terrible now but once you've **done** it **up** it'll be great.	這間房間現在看起來很糟糕，但如果好好裝修一下的話，就會變得很棒的。
It's a difficult decision so I'll need to **think** it **over**.	這真是個很難下的決定，我需要好好考慮一下。
I had to **give up** playing soccer after my accident.	自從出事以後，我就必須要放棄足球了。
I need to find $10 million by tomorrow! How am I going to **get round** that problem?	明天之前我要籌到一千萬！怎麼可能辦到呢？

補充說明

❶ check out: inspect/have a look at
Let's check out the new Italian restaurant.
（讓我們去試試那家新開的義大利餐廳）

❷ do up: repair and redecorate/make ◇ more beautiful

❸ think over: consider ◇ carefully

❹ give up: stop doing ◇

❺ get round: solve/avoid

嗚……嗚……
啊！
避開
get round

注意 "Bloody"
bloody 較無特別粗魯的味道，英國人經常用來作為加強語氣用。 This bloody stupid thing! （有夠愚蠢的事！） What the bloody hell do you think you're doing? （你到底知不知道你在做什麼傻事啊？） You'd better bloody believe it! （你最好還是相信吧！） 此外，當震驚或沮喪時也可用此語。 Bloody hell!（啊！）

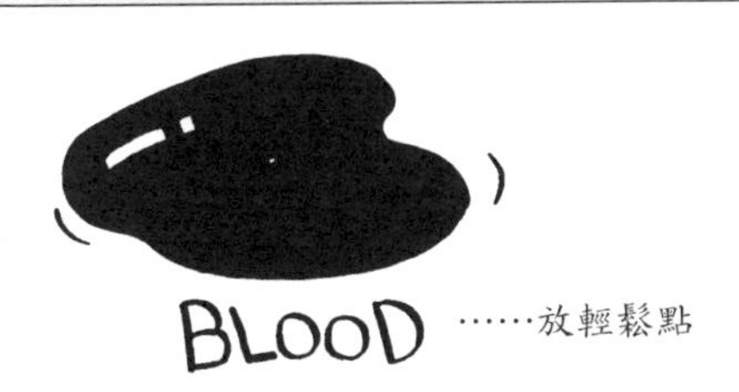
BLOOD ……放輕鬆點

COMMANDMENT 10

MAKE
EYE-CONTACT!

In most Western cultures, establishing eye-contact with the other person(s) shows that you consider them important and want to have contact with them. It can also be seen as a sign of HONEST communication.

【大意】：在歐美文化中，交談時眼睛注視著對方是一項基本的禮貌，這表示尊敬對方或是藉著和對方利用眼神交流來傳達意思，同時也可予人「真誠」的印象。

COMMANDMENT 11

SMILE!

It's SO SIMPLE but SO EFFECTIVE. A smile puts everyone (including yourself) at ease and so makes people more willing to listen to you, even though your English may not be so good yet.

【大意】：這是件相當簡單的動作，但別忘了「小兵也可以立大功」哦！它可以鬆弛雙方緊張的心情，讓對方可以更容易傾聽你說話的內容，就算我們說得不好，但多少都可以增加溝通效果哦！

第VI章

節　奏

§ 1 強弱分明

在本書第Ⅲ章中，我們曾提及「無特別語意者輕唸」以及「需要以弱音帶過的單字」，所以在本章節中，我們將一併介紹強音單字及弱音單字。

唸英語的音調強弱原比我們的母語要強得多，他們的強弱音分得相當清楚，所以需要多下點工夫在上面。以下就是英語的強弱唸法:

Nick is the **man** that **I saw** at the **park.**

原則 11　強弱分明

如果各位能多練習幾次的話，會發現事實上並不如想像中的難，下面為各位準備了一些活用例句，剛開始時可以一個一個慢慢唸，到後來再串連起來唸，你將會發現自己唸得很像標準英語哦！同時也請不要忘了「弱音」、「連音」、「字尾子音」等原則。

▼▾（▼表強音▾表弱音）

Do it/ Play it/ Stay it/ Hit it/ Kick it/ Watch it

▾▼

a pen/ the girl/ his cap/ her pencil/ my name

▼▾▾

Look at it/ Shoot at it/ Think of it/ heard of it/ know of it/ out of it/ fond of it

▾▾▼

in the park/ in his hand/ on the table/ to the church/ at the market/ for a friend

▾▼▾（在一個單字中也有強弱分別）

September/ October/ November/ December

▼▾▼

go to school/ want to go/ need to know/ stuff like that/ way to go/ John and Mary/ this or that

r 的發音秘訣

這是一個最讓大家頭痛的 r 了。就如圖所示範，舌頭不可碰觸口腔內任何部位，然後再將舌尖捲起。你也可以多練習唸幾次 “ra, ri, ru, re, ro”，來習慣 r 的發音。要是真的覺得有困難，或許可以試著在前面加一個 w，唸成 wra/wri/wru...。另外要注意的是，唸 r 時嘴唇不可是圓的。如果真的唸不好，也請不要太在意，作者有位印度朋友，也是唸得不太好，可是別人依然都聽得懂。只要肯多練習，自然會慢慢變好的。

捲曲

IT NEVER RAINS BUT IT POURS!

Pat(P) and especially Martin(M) are having a bad day.../Police-officer(O)

M: Oh, no! The police! I'll have to **pull over**.

M: Speeding? Really? Oh, I'm very sorry, officer, but I'm in a hurry. I'm **seeing** my friend **off** at the airport.

O: Well, sir, you should have **set off** earlier.

M: That's true, but... can't you **turn a blind eye** this time?

O: And what would happen if I **let** everybody **off** so easily, eh? **A** fine **kettle of fish** we'd be in.

M: Stupid idiot!

P: Just forget it and **step on it** or we'll miss the plane.

M: OK...**Oh, oh.**

P: What's up now?

M: We've **run out of** petrol!!

字彙 & 片語

● have to: 必須 ● speeding: 超速 ● in a hurry: 趕時間 ● should have: 應該～ ● true: 真的 ● fine: 了不起, 在這裡有挖苦人的意味「絕不可能」 ● miss: 錯過 ● petrol: 汽油

屋漏偏逢連夜雨

派特和馬丁真是倒楣透頂了, 特別是馬丁……/警察

馬丁: 哦! 不! 警察! 我得把車停在路邊了。

馬丁: 超速? 真的嗎? 哦! 真是對不起, 警察先生, 我正在趕時間, 因為我要送朋友去機場搭飛機。

警察: 那你們應該要提早上路才對啊!

馬丁: 是啊! 但是……可不可以請您放了我們一馬?

警察: 要是每個人都要我們放他們一馬, 那可就天下太平了!

馬丁: 笨蛋!

派特: 算了吧! 開快點, 否則我們趕不上飛機了。

馬丁: 好! 哦哦!

派特：這回又怎麼啦？
馬丁：車沒油了!!

日常慣用語

It never rains but it pours.	屋漏偏逢連夜雨。
I can't **turn a blind eye** this time.	這次我不能坐視不管。
Shouting at your friend is one thing but shouting at your father is quite a different **kettle of fish.**	向你朋友咆哮是一回事，但向你父親大吼大叫可又是完全不同的。
We'd better **step on it** or we'll be late for class.	我們最好快點，要不然上課要遲到了。
Oh, oh.	哦哦！

補充說明

❶ It never rains...: 很多麻煩全都擠在一起。
❷ turn a blind eye: pretend not to notice （假裝沒注意）/ignore（忽視）。
❸ kettle of fish: state of affairs （事態） /matter（狀態）。
❹ step on it: hurry/accelerate （踩油門）。
❺ Oh, oh: 第一個 oh 要提高聲調，第二個 oh 則降低，表示麻煩來了。

動詞片語

▼ pull over　停在路邊
▼ see off　送行
▼ set off　出發

▼let off　　赦免、免除（罪行）
▼run out of　　用盡、用光

Pull over; we've had a puncture.	把車停下來！我們的輪胎破了個洞。
Mr. Grant **saw** his wife **off** at the station.	葛蘭特先生在火車站給他太太送行。
They **set off** early to avoid the traffic.	為了避免塞車，他們提早出門。
I'll **let** you **off** this time, but never do it again.	我這次饒恕你，可是沒有下回囉！
Oh, no. We've **run out of** milk.	哦，不！我們沒牛奶了！

補充說明

❶ pull over: move to the side of the road and stop

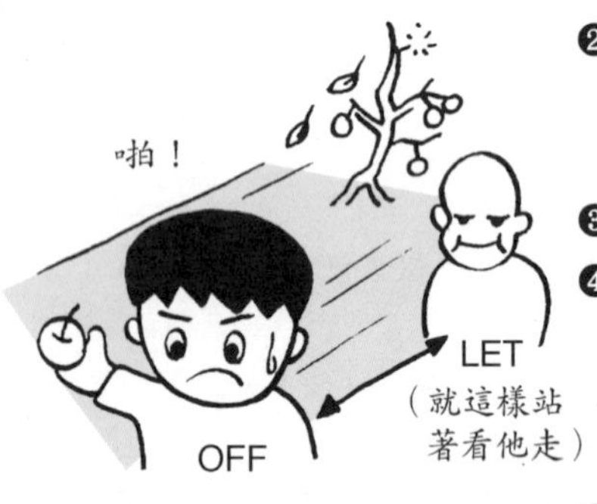

❷ see ☺ off: accompany ☺ to his/her point of departure on a journey（陪同☺到出發地）

❸ set off: begin a journey

❹ let off: give no punishment/ excuse from doing ◇ The teacher let the students off homework.（沒有出作業）

❺ run out of: have none left

注意 "Bugger"

bugger 和其他同類的用語一樣，表嫌惡的意思，但有時也用在男女愛情上。

He's a cute little bugger, isn't he?

（他真是個可愛的傢伙，不是嗎？）

I'll kill the stupid bugger.

（我要殺了他這個大白癡！）

- **Bugger!**: 憤怒或沮喪時用
- **Bugger off!**: 滾開！較沒 Fuck off! 強烈，但口氣也相當重。

同樣地， buggered 與 fucked （沒用）、 bugger up 與 fuck up （失敗）都是相同的意思，但口氣都較後者溫和。

語源為……

由於太低俗了，
作者不好意思說出來

§2 重要單字的強調用法

終於到了最後一個原則了。平常我們說話時，都會有特別要強調的地方，如果是文字，則以斜體字來突顯，而說話時則是用音調的高低強弱來區別。本章節就是要教各位如何學會音調的高低強弱。先讓我們看看下面的例句：

● 線段升高部份即要提高音調，大寫的文字則要以強音唸出。

What are you reading?

I'm reading a DETECTIVE STORY.

Where are you going?

I'm going to SCHOOL.

Who broke the window?

TOM did.

學會了嗎？所以我們最後一個原則就是：

原則 12　提高音調再加強

以下，就讓各位先想想看該加強哪一部份，接著就是解答。

❶ (What subject do you like?)　I like math.
❷ (Who is playing over there?)　Tom is.
❸ (Let's go by car.)　No, let's go by train.
❹ (Study.)　I'm studying hard.
❺ (You haven't read Macbeth.)　I've read it.

❻ (Where did you go?)	I went to Sabatini's.
❼ (Please help me with my homework.)	You do it.
❽ (She isn't a genius.)	She is a genius. Don't you know that?

❶ I like MATH.

❷ TOM is.

❸ No, let's go by TRAIN.

❹ I AM studying hard.

❺ I HAVE read it.

❻ I went to SABATINI'S.

❼ YOU do it.

❽ She IS a genius....

通常 be 動詞、助動詞、前置詞、代名詞都不會是重音所在，但像❹、❽要強調「確是」，❺要強調「已經讀完了」等，所以都要加以強調。總而言之，就是要隨機應變，隨狀況的不同而有所應變才好。

ts/ds 的發音秘訣

有很多的單字都是以 ts/ds為結尾音。你可以區別 cards, sides, roads 和 cars, size, rose 的不同嗎？ cards 的 s 因有 d 的加入，所以唸起來有點像是被擠出來的音， ts 也是同樣的道理。欸？太簡單了？是啊，雕蟲小技罷了，抱歉！

THE FRENCH FIANCÉ

Gill(G) breaks the news to Sam(S) about her forthcoming wedding.

S: Gill! **Long time, no see**. What's new?

G: Hi, Sam. Well, I've finally **taken the plunge** and decided to get married.

S: Wow! Congratulations! Who's the lucky guy?

G: Well, I **fell for** a French guy. It was **love at first sight**!

S: French? But your parents will never **stand for** it.

G: It's OK. They **blew up** when I told them but they've **got over** it now.

S: Now you'll have to **brush up on** your French!

G: **Piece of cake!**

字彙 & 片語

● forthcoming: 即將來臨的　● wedding: 婚禮　● What's new?: How's everything? How are you? 都是相同的意思　● finally: 終於　● decide: 決定　● get married: 結婚　● Congratulations!: 恭喜

法國未婚夫

吉兒向山姆宣佈她即將要結婚的消息。

山姆: 嗨! 吉兒, 好久不見, 最近好嗎?

吉兒: 嗨, 山姆我終於下定決心要結婚了!

山姆: 哇! 恭喜你了! 那個幸運的男孩是誰啊?

吉兒: 是個法國人, 我和他一見鍾情。

山姆: 法國人? 但你父母不可能會同意的嘛!

吉兒: 已經擺平了。當我告訴他們時, 他們的確是氣壞了, 但現在已經沒事了。

山姆: 看來你得再好好複習一下你的法語囉!
吉兒: 那簡單!

日常慣用語

Who's going to **break the news** to him?	誰要把話帶給他?
Long time, no see.	好久不見!
It may backfire, but I'm going to **take the plunge** anyway.	雖然可能會有令人意想不到的結果, 但我還是決定要去做。
Love at first sight will last forever.	一見鍾情的愛會持續到天長地久。
That test was **a piece of cake**!	那試題真是太簡單了。

補充說明

❶ break the news: reveal, announce 宣佈不好的消息時用。

❷ long time, no see.: I haven't seen you for a long time.

❸ take the plunge: make a bold decision (下重大的決定)。

❹ Love at first sight: 這不需要說明吧?! 想當初作者跟老婆也是這樣的。

❺ a piece of cake: very easy

動詞片語

- ▼fall for 談戀愛
- ▼stand for 允許、忍耐
- ▼blow up 爆發
- ▼get over 平復
- ▼brush up(on) 溫習

He **falls for** all the girls.	只要是女的他都喜歡。
The Headmaster said he wouldn't **stand for** any bad behavior.	校長說他絕不允許任何惡行。
My wife **blew up** when I told her I'd left our son at the supermarket!	當我告訴我太太我把小孩遺忘在超市時，她氣個半死。
It was a terrible shock but I'm **getting over** it now.	當時對我而言真是個天大的震撼，不過現在心情已平復了。
I'd better **brush up on** Shakespeare if I'm going to teach it next year.	如果我明年要教莎士比亞，那我得再好好地溫習一下不可。

補充說明

❶ fall for: fall in love。也可解釋為「被欺騙」(be duped/taken in)
Don't fall for his tricks.
（別被他的伎倆耍了）

❷ stand for: put up with/allow。另外有「表示」(represent/short for) 的意思。 UK stands for United Kingdom.

❸ blow up: explode（爆發），當某人非常氣憤時用。 blow one's top/blow a fuse 也是相同的意思。

❹ get over: recover from illness, shock, etc...

❺ brush up: review and refresh (or improve) your former knowledge
（複習重溫或改進先前學過的知識）

注意 "Screw"

基本上 screw 和 fuck 的意思、用法相同，但較 fuck 溫和許多。請把之前講解過的 fuck 例句，全部都換成 screw 試試看。應該會覺得比較文雅 (?) 一點。

COMMANDMENT 12

WATCH!

There are lots of bilingual programmes and movie on TV, Videos too. With these VISUAL aids you can focus on NON-VERBAL communication, such as facial expressions and gestures. This is a very important part of language which can't be learned satisfactorily through books or tapes.

【大意】：打開電視或收音機，經常可以看到或收聽到雙語節目，請多注意講話人的表情以及動作，學習一下利用語言以外的方法傳達意思，這可是書本或錄音帶中所學不到的寶貴經驗哦！

COMMANDMENT 13

LISTEN!

LISTEN to English RADIO (FM stations, FEN, NHK...). It's difficult, but you will be surprised by how much you learnif you keep listening regularly. You should find yourself imitating the natural rhythms and intonations of English subconsciously!

【大意】: 請多聽收音機裡英語教學的節目。剛開始時一定會覺得很難，但只要經過一段時日的訓練，你一定會訝異原來自己是這麼有潛力！日積月累下來，就算還是聽不懂，但是已經可以習慣英語的音調與節奏，收穫還是頗大的。

第VII章

不學就不會

§ 1 學到了就是你的

我們終於來到最後一個章節了。所有該知道的原則都在前幾章節講解完畢，本章節就不再追述了。現在我們只想讓各位了解一些「特殊的發音」。

想必各位都知道英語是全世界最多國家所使用的語言，由於各國發音方式的不同，也因而變化出各種不同的唸法。譬如說澳洲人英語的 “ei” 就唸成 “ai”; 而印度人習慣的捲舌音 “r”，讓我們聽起來很吃力；此外牙買加人的英語也是相當難懂的。現在先讓我們來了解一些常用的英語「特殊發音」。

❶water 唸做 “wara”

常看美國電影的人應該很清楚吧！美國音經常在變，譬如 t 的音並不會唸得那麼清楚，反而比較像 ra。（正確的發音方式會在下一頁中講述）

water ☞ wa“ra”er, Peter ☞ Pe“ra”er, better ☞ be“ra”er
get on ☞ ge“ro”n, get it ☞ ge“ri”t, get up ☞ ge“ra”p

由上幾個例句可知，只要夾帶母音的字，通常都會產生音變。所以像 writer/rider 的 d 和 t 便不太容易辨識。等各位有機會和美國人講英語時，可以仔細聽聽看。

❷can為輕音， can’t 則為重音

我們已經在前面章節中講述過「語意弱者輕唸」、「助動詞通常為輕音」。所以唸 can 時都會輕唸:

I cən do it.

但唸到否定句時請注意，為了要和 can 做個區別，所以唸 can't 時，會特別拉長，加強重音。

I cæ:n't speak English.

❸be going to

不知你是否在聽錄音帶時聽過人家把 going to 唱成 gonna，那是正確的，因為通常外國人都是這麼發音。

I'm going to do it. ☞ I'm gonna do it.

因為 be going to 也和助動詞一樣，沒有特別的指定意思，所以要輕聲唸過，久而久之就演變成 gonna 了。

❹want to

want to 和 be going to 是相同的道理，唸作 wanna。
I want to go. ☞ I wanna go

由於上述句型都屬弱音型，所以請注意不要唸得太清楚。

"RA" 的發音秘訣

發此音時，要將舌尖頂住內上硬顎部份，然後再彈出來。如果真是學不會也不要緊，畢竟這是美國英語的習慣。

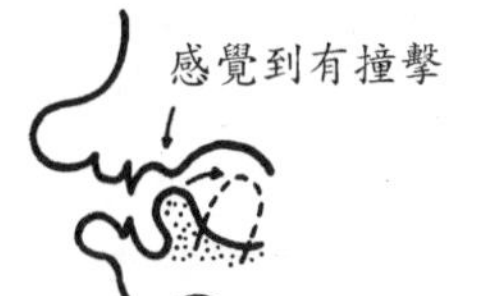

GENERATION GAP
Shelly(S) is complaining about her parents to her friend Barbara(B).

S: I don't **get on well with** my parents these days.
B: Why not?
S: **Beats me.** We just don't **see eye to eye** on anything.
B: For example?
S: Well, they're always telling me I should **take after** my older sister. She's the **whiz-kid** and I'm the **black sheep** of the family.
B: You don't have to **live up to** their ideas. **Do your own thing.**
S: Yeah. I want to move out but I'm not sure I can **go through with** it.

字彙 & 片語

● these days：最近 ● Why not?：在「為什麼」之前加 not，變成否定句 ● I'm not sure：我不確定

代溝

雪莉向她的朋友芭芭拉抱怨她的父母。
雪莉：我最近和父母處得不好。
芭芭拉：為什麼？
雪莉：我也搞不清楚。反正我們就是談什麼事情都不對勁。
芭芭拉：譬如說呢？
雪莉：他們總是要我多向姊姊學習，她是個資優生，而我卻是家裡的大麻煩。
芭芭拉：你不一定得照他們的想法過日子嘛，照自己的想法做吧！
雪莉：是啊，我想搬出去，但我不確定行不行得通。

日常慣用語

Beats me why they lost.	我不知道他們為什麼會輸。
We never **see eye to eye**, but on this matter I agree with you.	我倆想法一直不合，但這件事我同意你。
He's the new **whiz-kid** lawyer from New York.	他是從紐約新來的超級大律師。
He's the **black sheep** of the family.	他是家裡的問題小孩。
Doing your own thing is fine, to some extent...	你可以照著自己的意思去做，但在某種範圍內……。

補充說明

❶ Beats me: I don't know/understand.

❷ see eye to eye: agree

❸ whiz-kid: 聰明絕頂的年輕人。

❹ black sheep: 被排擠、孤立的人 (the odd-man-out)。通常都指在家裏或學校內個性不好的人。

❺ Do ☺'s own thing: follow one's own interest/desire（隨自己的興趣或嗜好），有種「儘管被責罵也無所謂」的意味。

動詞片語

▼get on with ☺	與 ☺ 相處得好
▼take after	相似（和家人）
▼live up to	依（某種標準）生活
▼move out	搬出去
▼go through with	貫徹到底

I never **got on with** my 2 brothers. We were always fighting.	我和我兩個哥哥一向就處不好，我們總是見了面就吵架。
Look at him; he really **takes after** his dad.	看看他，長得真像他父親。
The movie star didn't **live up to** his reputation.	那個電影明星不紅。
I had to **move out** after our disvorce.	離婚後我要搬出去住。
They're threatening to sue us, but they won't **go through with** it.	他們威脅要控告我們，但他們不會得逞的。

補充說明

❶ get on with : have a good relationship with

❷ take after: be or look like an older relative（個性、外表、行動像家人）。

❸ live up to: meet expectations

❹ move out: leave home

❺ go through with: see a plan, etc. through to its conclusion

注意 "Bastard"

bastard 原意為「私生子」，但現在都當成「心情惡劣時、難對付的人或事」等罵人的話語。與先前提到的 bitch/son of a bitch 是相同的用法。這是一個非常惡劣的字。

You lied to me, you bastard!
（你騙我，混帳！）
What kind of bastard would cheat his own mother?
（那個混帳東西會欺騙自己的母親？）

This job's a real bastard.

（那真是件爛工作。）

bastard 也可以下列用法表示，但並不是在心情惡劣的狀況下用。

You lucky bastard!!

（你這個幸運的臭小子！！）

COMMANDMENT 14

SING!

Songs bring you UP-TO-DATE ENGLISH and they're fun too! It's easier to learn a song by heart than a piece of text, so useful expressions can be memorized well. You can also impress your friends by singing English songs at KARAOKE. This can also help you increase your speed of expression.

【大意】：請多唱英文歌。放鬆心情，學學最新的英文歌，這可比死背文章有效的多了。等到了卡拉 OK，搞不好還會把大家都嚇一大跳呢！唱歌的另外一個好處就是可以訓練自然的說話速度，所以唱歌好處多多，請多加利用。

COMMANDMENT 15

READ!

It's a mistake to think that reading has nothing to do with speaking. Reading is great for building up vocabulary and checking grammar points and it can also be fun if you pick the right books! Reading also gives us IDEAS: it's no use being able to speak if you have nothing to speak about.

【大意】：如果你認為閱讀與說話是不同的兩回事，那你就錯了。透過閱讀，可以學會更多的單字及文法概念，如果想說得很流暢，但單字懂得不夠多，或文法錯誤太多，也是沒用的。

後　記

辛苦了！我想不少讀者有這種經驗，就是覺得從電影、電視、街頭聽到英語為母語者所說的英語「與自己說的英語完全不同，這是為什麼？」然而，如果我們仔細看手法高明的魔術，就會發現那也不過是理所當然由經驗累積出來的結果罷了。以英語為母語者只是把極自然且理所當然的原則組合起來，而說著我們不熟悉的英語而已。希望各位能早日體會這些原則。

但是，在此必須再重複一開始所提到的事，那就是「說不好也沒關係」，只要「勉強達意就可以」。不曾在英、美當地國而能學會道地的發音是很奇怪的。所以就算說得不好也不必在意。如果記住「原則」，每天運用，自然就能純熟了。要學會英語為母語者的英語會話，第一步就是別在意說不好，而且要不斷地說。

還有，在本文中介紹了不少 pass by 及 look over 等動詞片語，但我想很多人會有疑問「為什麼 look + over 是『詳細檢討』呢？」而想知道更多英文文法的人應該也不少。為了這些人，我們正在編寫《英文自然學習法 II》」一書，主題是集中在介系詞的意義。要是你能注意「介系詞原本的意義」，就可輕易地學會許多動詞語。敬請期待。

最後要感謝在本書編寫時提供寶貴建議的 Emory University 的大西德昭先生、東洋女子短期大學大學的米山裕先生、阿部潤先生、東洋學園大學的新倉令子女士、攝影家工藤耕司先生以及熱心關注、催生這系列英文文法書的研究社出版編輯部杉本義則先生。

大西泰斗
Paul C. McVay

參考文獻

本書編寫之際，參考了以下書籍。

《英語語音學》一色マサ子，松井千枝，1997 朝日出版社
《現代英語的語音》島岡立，1990，研究社出版

A Course in Phonetics, P. Ladefoged, 1975, HBJ: New York Comprehensive Grammar of the English Language, R. Quirk, S. Greenbaum, G. Leech, J. Svartvik(eds.), 1985, Longman Introducing Phonology, P. Hawkins, 1992, Routledge: London

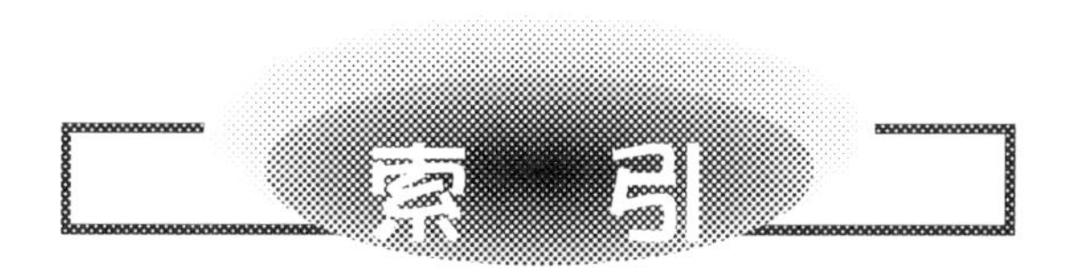

§ *Phrasal Verbs* (動詞片語)

§ *Everyday Expressions* (日常慣用語)

§ *4-Letter Words* (四字經)

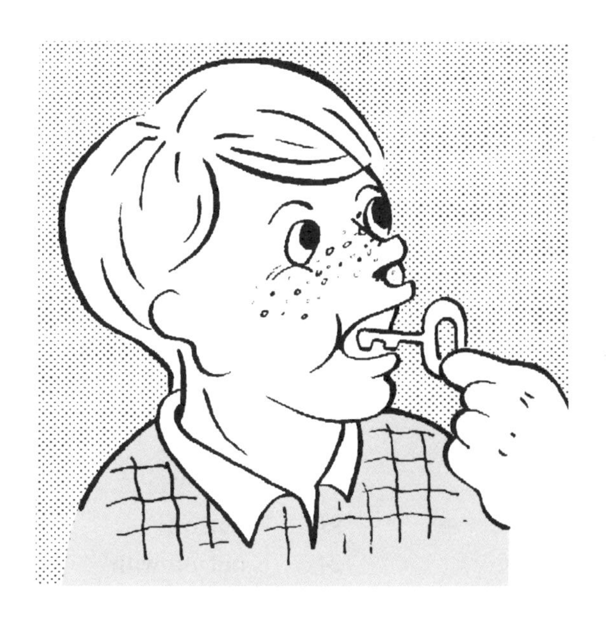

Phrasal Verbs（動詞片語）

beat up 53
blow over 19
blow up 113
brak down 41
break up 80
brush up (on) 113
bump into 75
call off 30
calm down 80
carry on 19
catch on 63
catch up 75
chat up 63
cheack out 98
cheer up 91
come up with 30
count on 41
do up 98
drop by/in 25
end up 19
face up to 41
fall for 113
get away with 41
get by 91
get on with 124
get over 113
get round 98
get to 75
give in 25
give up 98
go out with 25
go through with 124
help out 63
hold on 47
keep on 80
lay off 91
let down 47
let off 107
live up to 124
look after 91
look over 47
look up to 53
make up 69
move out 124
pass by 47
pick on 53
pick up 47
pull over 107
put off 80
put up with 69

rip off 41
run out of 107
see off 107
set up 63
show off 53
show up 69
sort out 30
split up 75
stand for 113
stand ☺ up 69
stand up to 53
stick around 30
take after 124
take out 75
take up 63
take off 19
think over 98
turn down 80
turn ☺ off 25
turn on 25
turn up 69
wipe out 30
work out 91
wrap up 19

[注: ☺ 表示人、◇表示事情]

Everyday Expressions（日常慣用語）

a piece of cake *113*
all the rage *74*
apple-polisher *18*
be like *97*
beats me *123*
black sheep *123*
break the news *113*
buzz *62*
can't stand *41*
Clear off! *41*
Come off it *91*
dab-hand *47*
do 's own thing *123*
face the music *30*
fancy *80*
feel down *24*
for ages *74*
for God's sake *80*
Get lost! *41*
get the hang of *62*
give it a rest *97*
give what for *52*
go bananas *24*
Goodness! *74*
goof around *91*
have a crack at *62*
have a good/terrible time *69*
have guts *52*
Honest! *69*
housewarming *97*
in no time *62*
It never rains... *107*
It's 's fault. *69*
Keep your shirt on. *47*
kettle of fish. *107*
kill *30*
liar *69*
Long time,no see. *113*
Look... *24*
look on the bright/dark side *80*
love at first sight *113*
lovesick *80*
mate *80*
meet 's match *52*
No chance! *18*
No way! *18*
Oh, oh. *107*
old banger *47*
old times *74*
on earth *30*

on the dole 91
one-track mind 62
Only joking! 97
put ☺ in his place 52
Right on! 18
Rubbish! 69
see eye to eye 123
See you. 30
show what ☺ 's made off 18
Sounds good. 74
step on it 107
take the plunge 113
The sooner the better 24
too bad 41
turn a blind eye 107
Unbelievable! 91
What a jerk! 91
What's the matter? 24
What's up? 41
whiz-kid 123
Wow! 52
You bet! 97
You poor thing! 47
You're an angel. 47
You're kidding! 30

4-Letter Words （四字經）

Ass 20
Balls 54
Bastard 124
Bitch 48
Bloody 99
Bugger 108
Bullshit 70
Damn 76
Fart 92
Fuck ❶ 42
Fuck ❷ 82
Hell 31
Pissed off 26
Screw 114
Shit 64

說寫英文零障礙

商用英文 — 張錦源著

商用英文 — 程振粵著

商用英文 — 黃正興著

實用商業美語 I II III — 實況模擬

杉田敏著，張錦源校譯

簡明初級英文法(上)(下) — 謝國平編著

簡明現代英文法(上)(下) — 謝國平編著

簡明現代英文法練習(上)(下) — 謝國平編著

英語會話 I ~VI — 黃正興編著